獨鶇

卓采

小青

相橋

芙孫

象馨

落盦

碧波

釋雲

觀雨

芑狂

山農

奇

谜托邦

MYSTOPIA

华文推理新大陆

推理迷的乌托邦

100〇年，
接了个龙

华斯比
编

北京联合出版公司
Beijing United Publishing Co.,Ltd.

编选说明

民国时期，报纸杂志上经常刊载一些游戏文字供读者消遣，且不断变换形式，以新奇的阅读体验吸引读者。"集锦小说"即当时一种流行的"小说接龙"形式：由多位作者合写，第一人先写一段或一章，用"点将"的方式，在结束的句子中嵌入另一位作者的名字，指定由该人续写；第二人再点第三人，依次下去，直至小说完篇。若故事越写越飞，原定参与作者轮一圈后竟无法收尾，便往往会商议再接一轮。尤其是侦探小说的接龙创作，更考验作者的脑洞，作者之间互相挖坑，可谓妙趣横生，在当时大受读者欢迎！

《新闻报》《金钢钻》《新世界》《上海先施乐园日

报》《红杂志》《侦探世界》《社会月报》等民国报刊都曾刊载过"集锦小说"，其中《新闻报》《新世界》，更是组织大量作者参与创作该类小说。

据初步统计，民国时期属于侦探类型的"集锦小说"，至少有二十篇。本书精选了其中颇具特色的六篇作品，分别是《匣中物》《念佛珠》《江南大侠》《胭脂印》《奇电》《怪手印》。其中，《奇电》一篇发表时间最早，初次连载于1920年6月间的《新闻报》（后收入严独鹤先生主编的单行本《集锦小说》），是该报"集锦小说"系列的第二篇，问世距今已逾100年。

可以说，本书算得上是对这一时期的"接龙"侦探小说的首次挖掘整理，既可以作为休闲读物，也可以作为珍贵的中国早期侦探小说史料。

作为"接龙"小说，书中每篇的参与者，少则三人（《念佛珠》），多则十人，作者团阵容空前强大，民国文坛众多鼎鼎大名的文人皆参与其中：程小青、陆澹安、赵苕狂、徐卓呆、胡寄尘、天虚我生、徐枕亚、程瞻庐、顾明道、严独鹤、范烟桥、施济群、徐碧波、冯叔鸾、许指严、严芙孙、天台山农、朱大可……可谓民国通俗小说作家天团。

为最大程度保留民国时期侦探小说的文体风貌，同时尊重作家本人的写作风格及行文习惯，本书对所收录作品的句式以及字词用法基本保持原貌，所做处理仅限以下方面：

一、将原文竖排繁体字改为横排简体字。

二、将原文中断句所使用的圈点改为现代标点符号。

三、校正明显误排的文字，包括删衍字、补漏字、改错字等。

四、原作为分期连载作品的，人名、称谓等前后不统一处，已做调整，使之一致。

五、为符合现代汉语规范并顺应当下读者的阅读习惯，已对个别民国时期用字用词进行了调整，现举例如下：

1. "那末"改为"那么"；

2. 程度副词"很"和"狠"混用时，统一为"很"；

3. "账房"和"帐房"混用时，统一为"账房"；

4. "转湾""拐湾""湾曲"等词中的"湾"字，均统一改为"弯"；

5. 用作疑问词的"那"统一改为"哪"；

6. 用在句末的助词"罢"统一改为"吧"；

7. 用作第三人称指代"女性"或"人以外的事物"的"他"，统一改为"她"或"它"。

由于编者水平有限，其中难免有不足之处，祈请读者批评指正！

华斯比

2024 年 7 月 18 日

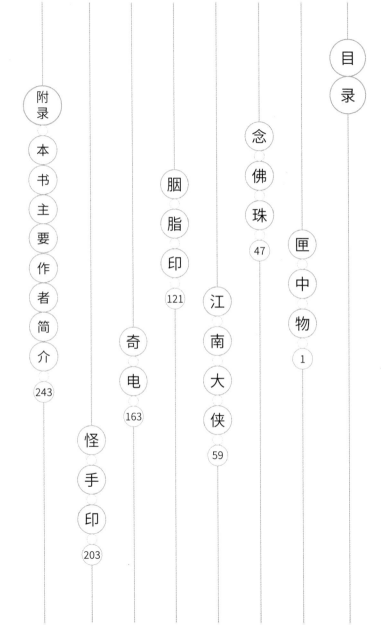

匣中物

侦探小说傑作

匣中物（卷首）

黑鹤

（一）

華美玉是「得髮黛名伶雙女伶凡是一種新能經把雌演彩片的習慣便格外高了興旎起來者道世一定非常之多所以各家型公司都將他常性愛戴中的兩基學生經致眼的包銀也得稱增加到每月二千元蓋蓋是一時駕先的了整愛美玉不但是裊鬧場星呈又可稱為文藝之花凡是關什麼說報會閱商會以及各種大衆曾經有美玉參加在裏面來有中一官可他便是一種格外專業格外起勁者是他不到舞編師何處質資就覺得減色凵此這奏美玉的三字芳名

（一）

独鹤

秦美玉是一个最著名的影戏女伶，凡是一种影戏，经她扮演，这影片的价值便格外高了，映演起来，看客也一定非常之多。所以各家影戏公司，都将她当作影戏中的明星，争先延致。她的包银也陆续增加到每月三千元，要算是一时独步的了。

秦美玉不但是影戏明星，又可称为交际之花，凡是开什么跳舞会、园游会，以及其他各种大宴会，总有秦美玉参加在里面。来宾中一有了她，与会的人，便格外多，也格外起劲。若是她不到，无论如何盛会，就觉得减色。因此这秦美玉的三字芳名，没有一个人不心坎温存。秦美玉的亭亭倩影，又没有一个人不眼皮供养，说得好是灵秀所钟，说得不好，简直是天生尤物了。

秦美玉既然艳名大噪，颠倒石榴裙下的，自然不少。内中和她踪迹最密的有六个人，这六个人差不多都算得是秦美玉的情人，却又都算不得是秦美玉的情人。因为这六个人自以为资格够了，先后都向秦美玉求过婚，都被美玉婉辞谢绝。至于她因何拒绝，却也从不说出一个理由来，只推说目前年纪很轻，还没有到可以提议婚姻的时机就是了。

秦美玉只有一个母亲，家庭极其简单。至于她的家世，她从来不说，旁人也无从知道。不过照种种情形推测起来，似乎她目前虽然风头十足，出身却很寒微，而且少小时节，一定还经着一种极困苦的境遇。这也是和她接近的人，察言观色、忖度出来的。究竟她的细详历史，便是这最亲信的六个人，也是茫然。

有一次，曾有许多人要为她出一本专集。她起先并不反对，后来说专集上面，必须要有一篇本人的小史，她便很坚决地拒绝，说这宣布历史的一层，万办不到。别人没法，只好去问她母亲。她母亲也不敢违拗她的女儿，始终不肯说，因此这部专集，竟没有刻成。

过了几年，秦美玉已经有廿岁了，她那最亲近的六个人，有四个人已经另外结婚了；还有两个人，却是痴心不死，还希望有情人能成眷属。

秦美玉却在这年，忽然拣了一个日子，办了几桌筵席，召集了平日捧她的一班男子，无论交情深浅，凡是素来认得而未娶妻的，一概列席。那两个最要好的自然在内了。

大家坐定之后，美玉依次斟了巡酒，便慨然对众发言道："我今天请诸君来此，是要宣布我的终身问题。老实说一句，就是：我向来说不肯嫁人的，如今却要嫁了。"

大家听见她说了一个"嫁"字，忍不住一齐拍起手来，一面拍手，一面各人立时显出一副不可思议的面孔来，差不多一个个都要抢先跪到她面前来求婚。

美玉看了这种情形，不禁暗暗好笑，忙道："诸君休乱！我还有话说呢！我既要嫁，在目前的时世，婚姻本来是极自由的，我只要拣一个最知己最满意的嫁了他就是了。不过我偏有一个怪条件。在这里，我所要嫁的人，我自己不决定，我母亲更不能代我决定，却要由它决定——"说时，手指着客堂中间桌上供着的一只小匣子。

大家听了这话，尽觉得十分奇怪。

美玉又接着说道："我这匣子里面，藏着一件东西，无论是谁，只要尚未娶妻而能猜中这匣内藏着什么东西的，我便嫁他。我这匣子不但锁好，并且上了封条。封条上面，由我自己和我特请的律师签字，不但旁人不能开，连我自己也不能开。眼前暂且陈列在这里，请诸君一齐验过封条和签字式，等到席散之后，我便要将它送到某银行里去存放起来。诸君有不能见信的，不妨和我同去。我已经得了那行长的特许，由他再出一张证书给我，证明我今天所说的话，并声明代负保管这匣子的责任。"

这天席散之后，秦美玉果然实行她的宣言，将匣子送到银行中去，居然也有许多人跟着她去监视。内中有个人姓朱，号筱波，便是美玉最知己的两人中之一。他平日很研究些侦探的学术，对于这件事，便想施展些侦探手段来，能够达到目的。

从银行中出来，一面肚里寻思，一面信步所之，在这路上踱着，忽然有人拍了一拍他的肩头，他回头一看，便嚷道："原来就是二先生。这个礼拜大跑**马**，**二先生**买了香槟票没有？"

（请马二先生续）

（二）

马二先生

　　却说朱筱波向那位所谓二先生的招呼，那位二先生笑着，摇摇头说："再不要提，不但这一次，哪一次跑马我不送几百块钱？只是不曾得过一次。"

　　筱波说："似你二先生，原也不在乎得不得。"

　　二先生笑道："究竟是得的好……我且问你，听说秦美玉今天大请客，这事你知道吗？"

　　筱波说："怎的不知道？我也是被请的一个客。"

　　二先生又说："听说她是要嫁人了，有这话吗？"

　　筱波说："不错，是有这话。"

　　先生接着问："那么，她嫁的是哪一个呢？"

筱波说:"这却还不曾定。"

二先生说:"筱波,你不要瞒着。你常和她在一起,岂有不知之理?"

筱波笑道:"不但你不知道,连她自己此时也不知道是要嫁谁,我怎能知道呢?

二先生说:"此话怎讲?倒要你说给我听听!"

筱波见他追问得这般紧,又见他的那部汽车,停在转角处等着,知道他是才从前面别特洋行中出来的,因说:"二先生,你现在要到哪里去啊?"

二先生说:"你别打岔!我只问你秦美玉的话。"

筱波笑了说:"二先生,你还是这般的性急。我并不是不肯说,但是此处不能多谈,你要到什么地方去,或者我们晚间约会在一处地方,慢慢地讲。"

二先生说:"也罢,此刻我刚从别特洋行中出来,我打算到二号总会去看看,也没有什么事。你如也没有事,我们何不一同到那里去谈谈呢?"

筱波答应了,二人一同走到转角处,上了汽车。

二先生吩咐："到二号。"

那汽车夫小卓，正待开车，二先生忽问："小卓，我那皮包呢？"

只这一问，小**卓呆**了一晌，不曾回答。

（请卓呆续）

（三）

卓呆

二先生着急道："你怎么啦？快些说啊！皮包呢？"

小卓对车内又看了一看，急青着脸说道："实在是我不是。我打了一个磕睡，不知什么时候，被人家将皮包窃去了。"

二先生一听，顿时涨红了脸，骂道："蠢材！怎么叫你看守一只小皮包，你都看守不牢呢？你不晓得其中是很紧要的东西么？"

朱筱波便抢着道："二先生，东西既经失去，你只管怪他也无用，我们还是赶紧想法去报告警局，急急追究啊！你里头到底是什么东西？是钞票、珠宝呢，或是什么重要笔据？"

二先生摇头道："都不是的。这东西非常要紧，与我方才再三盘问你秦美玉的事，大有关系。讲到这东西的本身，却是不值钱的，说出来你或者要笑我咧！不过在秦美玉的身上，实在是一件很有关系之物。"

筱波一听得与秦美玉大有关系，自然更要诘问，说道："那么你说呀，究竟是什么东西呢？"

二先生对路上瞧瞧，见没有人走过，便低声凑在筱波耳上，道："皮包内，是两只煨山芋。"

筱波听了，几乎笑将出来，不过见二先生慌慌张张说着，他到底也笑不出了，便很惊讶地问道："这要它何用呢？为什么要藏在皮包中？"

二先生道："此话非三言两语可以了结，我们且到二号总会去谈吧！你想此物，窃去的人，未必晓得这用处，或者与我还没有什么妨碍吧。我们且到那边去细谈。"

于是二先生即命小卓开车，赶赴二号总会。二先生很谨慎，路上不敢多讲。

一到二号总会，二人就在一间空着的休憩室内坐下。

二先生又从身边挖出一件东西来，向筱波耳畔轻轻说道："煨山芋共有三只，皮包内藏了两只，我身边还有一只。"

筱波看时，他果然手里又拿着一只煨山芋。

筱波要细看这煨山芋有什么特色时，二先生已经把它如什么宝贝似的急急塞入怀中去了。

筱波正要问他山芋的用处，忽听得隔壁一间休憩室内，有起人声来了。

第一个人启口道："你既知我是你的救命恩人，此刻我在生死关头，你怎么不肯救我呢？难道仍把饭碗问题，看得比救命恩人都重么？你在那银行里专司那保管库的职务，也只有每月八十元的薪水。我罗颂芳养你一百年，也不过花十万块钱啊！"

朱筱波与二先生一听，怎么不惊？二人就凑过去，向板壁缝中一张。

筱波晓得那说话的人，果然是秦美玉最知己的二人中之一罗颂芳啊！

二先生看时，更为惊异——原来与罗颂芳相对而坐的，就是他自己的胞弟陶三先生啊！

只听得陶三先生答道："我并非不能帮你的忙。秦美玉的匣儿，却是在我掌握之中，别说要启封偷看，就是要暗暗运出行来，也不很难。为了你老兄的事，我本来赴汤蹈火也不辞的，不过你自身很危险，怎么你还不会悟呢？你是我的恩人，我岂肯害你？秦美玉以前的历史怎样，你什么也不晓得，只是在那里莽撞，真险极了！你道秦美玉的母亲，当真是她的母亲么？这句话只好骗骗你们，却瞒不过我陶老三。那老太太不是她在夏天也戴着一只帽子，从没有人见她脱过帽么？她实在不能露顶，她额上的发际，有一个月牙形的疤，你年纪轻轻怎么晓得？你回去问问你父亲就明白了。三十年前，有一个女盗，混名叫作'新月四姑娘'的，就是现在那位秦老太太啊！我的乳母，还是他的胞妹咧！你若不信，我就去领一个证人来给你瞧瞧。"

陶老三说到这里，罗颂芳便愿意跟他前去。二人就一阵足声，向外而去了。

这里朱筱波与二先生，见都与自己有关系，自然要想跟在他们后面去侦探，于是二人立将起来。不料二先生身边落出一件东西来，滚在地上。

筱波看时，原来就是方才那一只煨山芋，二先生没有塞入袋中，所以落下来咧！

筱波一见，即道："这东西带在身边，岂不讨厌？我看不如把它在这总会里寄一**寄**，**尘**埃滚得很肮，哪里可以藏在怀中呢？"

（请寄尘续）

（四）

寄尘

二先生道："如此也好。"一面说，一面将那只煨山芋从地上拾起来。

拾起来一看，不觉大惊。原来山芋的里面，包藏了一颗蜡丸，这回一跌，将山芋皮跌破了，露出半颗蜡丸来。

二先生和筱波，都知道秘密问题，皆在这蜡丸里，和山芋原不相干。

二先生想了一想，道："原来如此！何妨取出蜡丸，丢了山芋吧？"于是从山芋中间挖出蜡丸来。

只见它像鸽蛋一般大，也像鸽蛋一般圆，其质很轻，中间是空的，拿在手里一摇，里面还有些响声。再看外面，刻了一个"盦"字，如蚊子脚一般细。那"盦"字用澹墨填了。

二先生点点头，道："这个澹盦字，很有研究了。"

（请澹盦续）

（五）

澹盒

筱波抢着要将蜡丸打开，把里面所藏的东西，取出一看。

二先生拦住他，道："且慢！他们俩已经走了，我们跟出去侦探要紧。这东西停一回再看吧。"当时就把蜡丸揣在怀里，拉着筱波，跑出总会。

远远地望见罗颂芳和陶三，已经跨上一辆轿式汽车，飞也似的向西去了，二先生赶紧拉着筱波，跳上他自己的汽车，关照汽车夫小卓，赶快开车，跟在那轿式汽车的背后。

小卓一面开车，一面在怀里摸出一封信，递给二先生。

二先生接信一看，诧异道："这封信打哪里来的？"

小卓道："刚才有一个穿西装、戴玳瑁边眼镜的人，走来问我，说：'你主人在总会里么？'我说：'正在里面，你要见他么？'他说：'我也不必进去见他了，这里有一封信，很是要紧，等他出来，你替我交给他吧。'他说完了，就把这信塞在我手里，大踏步向西去了。"

二先生道："这人莫非是二十来岁年纪，一脸的黑大麻子？"

小卓道："正是。"

二先生点了点头。

筱波看那信封上面，写着"即呈陶二先生亲启"，旁边写"知缄"两个小字。

二先生把信拆开，和筱波一同观看。那信里写的是：

　　顷先后托人送上煨山芋三只，谅荷察收。尚有烂香蕉半段，一时竟无法可得，深为焦急。前承委托探听之事，刻已调查清晰：其中老板十二块、新板十九块、白板三块，合计三十四块，均有澹墨"盒"字为记，乞注意。余俟续闻。

知白

筱波看了，竟然莫名其妙。

二先生把信折好，塞在袋里。

筱波问他道："这信里说些什么？我简直一点也不懂。难道和秦美玉也有关系么？"

二先生放出很郑重的样子，道："非但与秦美玉有关系，连我两人也很有关系。但是这半段烂香蕉，倒是最要紧的东西，倘然无法可得，这事情可就糟了。"

筱波道："煨山芋和烂香蕉，都变成了重要的东西，真是怪事！现在你可以把蜡丸取出来，我们打开看看，里面藏的，究竟是什么东西？"

二先生点了点头，就将怀中的蜡丸取出。两人打开一看，不觉一愣。

原来那蜡丸中间，却藏着一张麻雀牌里头的白板。那骨牌的背后，果然刻着一个极小的"盦"字，和蜡丸外面所刻的，一式一样。

二先生看了一会，微微一笑，就把那张骨牌揣在怀里。

筱波道："你们弄的是什么玄虚？我真不懂！你可能说给我听么？"

二先生摇着头道："你总有一天，可以明白，现在还不到这时候咧！"

两个人正在谈论，忽见前面那辆轿式汽车，已停在一家旅馆的门口。

二先生赶紧关照车夫，离着一丈多远，把汽车也停了下来。

筱波看那旅馆的墙上，钉着"群乐旅社"四个大字。

这时候那轿式车的车门一开，在车中跨出一个人来。

两人不看犹可，一看之后，登时面面相觑，连呼

"怪事"。

原来那车中出来的，不是罗颂芳，也不是陶三先生，却是一个身材袅娜、服装华丽的绝色美人儿。

筱波定睛一看，不觉失声喊道："咦？这不是秦美玉吗？"

二先生冷冷地点头道："谁说不是呀？今天所遇的事情，真奇极了！"

两人说着，见那秦美玉已经轻移莲步，走进群乐旅社去了。

筱波跳起来，拉着二先生，道："我们快快跟她进去，看她怎样。"

二先生拦住道："且慢！你这人太性急了，我看这里边危险得很呢！"

筱波笑道："你这人真是不**济**！**群**乐旅社，又不是龙潭虎窟，怕它什么？"

（以下请济群续）

（六）

济群

二先生正色道："你自己的危险就在目前，还说不怕咧！真可怜呀！"

筱波吃惊道："你说些什么话？难道我也有危险么？"

二先生"哼"了一声，道："罗颂芳就是你的前车之鉴。你不看见前面汽车里只有秦美玉一个人出来么？你知道罗颂芳到哪里去了呢？"

筱波急急追问所以，二先生道："这里不是讲话之所，我们且到对面茶馆里去泡碗茶，一壁谈话，一壁还可监督群乐旅社门口的举动咧！"

筱波抬头一看，果然旅社对面有爿茶馆，门口一块牌上写着"独鹤楼"三个大字。

二先生吩咐小卓把汽车停在原处，接着筱波一同上楼，拣个靠阳台的座头，泡了壶茶。

刚正坐定，忽然楼梯上跑上一个卖水果的小贩，慌慌张张向二先生说道："先生不是姓陶吗？"

二先生道："不差。"

那小贩就在篮内捡出半段烂香蕉，授给二先生，道："刚才下堂有个穿洋装的麻脸先生，向我买了五只生梨，恰巧看见二位先生登楼，就把他桌上放的半段烂香蕉，教我送给陶二先生的。"

二先生把半段烂香蕉接在手里，说："知道了，你去吧。"

筱波瞪目向他们看着，真弄得变了丈二长的和尚，一时摸不着头脑。

这时候忽听得汽车上的喇叭，捏得呜呜怪响，两人急忙向外看时，只见秦美玉同一个老妇人，从群乐旅社出来，跨上汽车，依旧向西开驶去了。

二先生急忙会了茶钞，拉着筱波下楼，跨上汽车，教小卓快跟上前去。

筱波在车内问二先生道："那半段烂香蕉，大约就是信中所说一时无法可得的要紧东西了，可以给我看吗？"

二先生道："不差。但现在还不能给你看呢！"

说时，只见所走的路，渐渐落荒了。

二先生道："他们走这条路，一定是到晨星影片公司去摄影戏的，吾们不必去吧。好在这匣子的事情，我已经稍有端倪，还是晚上仍在二号总会碰见再谈吧。"

筱波一想，晨星影片公司的制片处，没有干系的人，向来不准擅自进去的，就去也探不到什么事情，便说："很好。"于是命小卓把汽车折回原路，别了二先生，径自回家。

筱波回到家里，把这事细细一想，觉得千端万绪，一时无从捉摸。现在姑且把匣子里究竟什么东西，暂时丢开，不去猜它，先要将今天耳闻目见的许多情节，一一探得明白，谅必那匣子的根本问题，也就容易解决了。他就把许多疑点，在日记簿上一一记了出来。

筱波记了一条，研究一会，只是研究不出什么原委，想想还有陶三先生同罗颂芳讲的一席话，很有研究的价值，反复深思，一时想得神志昏瞀，不觉沉沉睡去。

恍惚匣子里的东西，已给他猜到了，原来是一颗一万五千克拉的大金刚钻。

正在同秦美玉结婚的时候，那大铜鼓敲得震天价响，把筱波好梦惊回，却是陶二先生在二号总会等他好久不来，所以找到他家里，说："秦美玉匣子里的东西，难道你不要一**瞻庐**山真面目了么？"

（请瞻庐续）

（七）

瞻庐

筱波冷冷地说道："什么庐山真面目，竟似钻入了迷魂阵了，便是双料的福尔摩斯，一时也寻不出端绪。"

二先生大笑道："怎说寻不出端绪？那个西装的黑大麻子，便是双料的福尔摩斯。这件秘密的大关键，便是半段烂香蕉。事不宜迟，我和你快快上车去。"

筱波道："可是到总会去么？"

二先生道："不是，不是！我和你另到一个所在去，这是秘密的大魔窟，全仗走这一遭，包管和你有益。"

筱波道："入了迷魂阵，几乎钻不出，还要加上一个大魔窟。这事益发难办了。"

二先生道："你方才说我不济，我看你才是不济咧！有了这半段烂香蕉，虎穴龙潭也去得，怕什么大魔窟？"

筱波道："你不露些端倪，我总不放心前去。"

二先生道："你要在情场里争夺锦标，怎么这般地胆怯？也罢，我便道些端倪，壮壮你的胆量。"说时，便在衣袋里掏出一个 F 式的钥匙，授给筱波道："有了这个东西，便是打开魔窟的秘钥。"

筱波呆视着钥匙，依旧莫名其妙。

二先生道："你不明白么？还有一件东西，你瞧了便该明白。"说时，又随手掏出一张包卷香烟的小蜡纸，给筱波细看。

筱波道："白白的一张纸，有甚好看？"

二先生道："你向灯光里照一下子，便明白了。"

筱波果把电灯拉下，再把蜡纸凑近灯泡，照这一照，却有钢笔划着的数行细字，道：

今夜十一句钟，可到群乐旅社十二号房间，向赵妈索取小皮箱，以此匙开之，则匣中秘密，可以了然。看后仍将皮箱锁上，交还赵妈，速离彼处。至嘱至嘱！

知白

筱波看后，便道："这些东西，都从何处得来的呢？"

二先生道："都从烂香蕉里剥将出来。这半段烂香蕉，至少有一万元的代价。可是现在约莫到十一句钟了，快去快去！错过了这个机会，便是'踏破铁鞋，再也无从觅处'。"

当下二先生把钥匙和蜡纸，都收拾在衣袋里，拉了筱波便跑。跨出大门，走到弄堂口，都上了汽车。

小卓赶快开车，两盏车灯，发出闪电也似的光来，不多一会子，便到了旅社门首。

二人下了车，径上楼梯，寻到十二号房间。

二先生把房门掩上了，向房里的佣妇，附耳说了几句话。

佣妇点点头儿，捧出一只尺许长的小皮箱。

二先生把F式钥匙，纳入锁门，一捺便开了，喜孜孜地轻唤筱波来看，道："破此秘密，**舍我**其谁？"

（请舍我续）

（八）

舍我

筱波也顿时心花怒开，好像此箱一开，秦美玉便在他手掌之中。

筱波向二先生道："你快把箱盖掀开呀！"

二先生从容不迫地将箱盖掀起，两人的目光，立时直向箱中注射。

筱波讶异道："没有什么呀！"说时，抬头瞧着二先生。

只见他脸色已变，露出很惊慌的样子，伸手到箱子里乱摸了一会，又举起来将箱子的外面，细细考察了一回，箱子是新的，完全没有破裂之处，也没有人意图破坏这箱子、偷看或拿去箱里秘密的痕迹，便很失望地向筱波说道："罢了，我们已失望了。"

筱波道："你刚才说'破此秘密，非你莫属'，如今连得你也莫明其妙了，这是什么缘果呢？"

二先生道："你有所不知，这是……但我费尽心力，终归失败，想是你和秦美玉没有姻缘……"

筱波惊道："难道秦美玉此举，果含着难言之隐吗？"

二先生冷冷答道："正是！但我也不能告诉你。"说着，便问坐着的佣妇道："谁到这里来将箱子开过了？"

那佣妇站起来答道："二位先生未来之前，一个穿大袖子马褂的白面先生，走进来对我说，他是我家小姐差他来，开小箱子拿东西的。我问他有什么证据，他拿出一只白石似的白板，就是麻雀牌里的白板，背后有一个字的，给我看道：'这不是你小姐对你说的记号吗？'我听说便将小皮箱给他，他开了箱子，将一封信和一包翡翠宝石，我看他计数的，约有三十块左右，而且每块上都刻着一个宝塔似的字，他极慎重地藏在自己带来的小皮囊里，又将一张写就的字条儿给我，说道：'停一会，有二位先生来开了这箱子后，你把这字条儿给他们。'我……"

二先生抢问道："那字条儿呢？"

佣妇便将字条从怀中搜出来，递给二先生。

二先生便和筱波急急读道：

二先生鉴：

　　箱中物已先取，幸恕无状。白玉板三，足下只得其一，于事无济，仍乞原人交下。予已佩君干才，幸勿再相难也。

盦白

二先生不觉脱口道："原来二只煨山芋，仍被他设法取了。"

筱波道："这'盦'字一定是个人名，你可知道吗？"

二先生道："我晓得的，但不能告诉你。你须知这

33

人是你的劲敌，秦美玉十九已是他的人。"

筱波听了，懊丧万状，身体冷了半截，两脚站不住，颓然倒在桌旁的椅子上，没精神地问道："我想这人或者是罗颂芳，怎样被他探听了，竟来此捷足先登？"

二先生摇头道："决不，决不是的。"

筱波道："那么决定是他的副手了。"

二先生仍摇头道："也不是，这是两人之外的一人。"

筱波奇道："秦美玉另有秘密情人吗？"

二先生点点头，说："或者是的。"随手一挥，叫他走。

筱波看看那向他们望着的佣妇。

二先生道："问她无用，且有不便，我们走吧。"

两人便下楼，出了群乐，上了汽车。

筱波忽问二先生道："佣妇不是说小皮箱内有三十多块翡翠宝石么？这是什么意思？"

二先生道："这就是你刚才见了不懂的一封信中所写的'老板十二块、新板十九块'呀！"

筱波如问非问地说道："原来是个哑谜儿么？"

二先生不说什么，不一会，便送他到家，说了"再会"后，自己独坐在车子里想到计划失败，很不甘心。

到家里时，仆妇送上一封信，信面写着"陶二先生收，盦缄"。

二先生急急拆开，读道：

　　足下助筱波，非自动，目的所在，仆亦深知之。然仆与彼美有成约，足下岂不知之甚明耶？令弟为仆效劳，当仁不让，感胡胜言，尚希协力，至为盼切。

　　　　　　　　　　　　　　　　盦白
　　　　　　　　　　　　　　夜十一点半

二先生看完，即问那佣妇道："三少爷，午后可曾回来过没有？"

佣妇道："自早上出去后，直到现在没回来过。那穿洋装、戴大眼镜的赫先生，倒来望了他三四回。"

二先生吩咐佣妇退下，自己走到厢房里想打电话时，电话机铃声振动了。

他赶上去拿了听筒，问道："喂！你们是哪里？"

筒里答道："我是老赫，你是老二吗？"

二先生知是赫大麻子，便答道："正是！你那里可有什么消息没有？我们的希望已绝，我预备放手了。"

筒里说道："我也知道了。对手方面，问我要那只白板，说他已得其二，其余新板、老板，已在他手里，所以请我们放弃我们的成见。你看这事怎样？"

二先生道："如此只好放手了。但老三尚没回来，不知他办到怎样？"

"明天早上十点钟时，我到府上来商议吧！"

"很好，很好，再会！"

"再会！"

二先生在床上，正欲蒙眬睡去时，房门外忽有人叩门，道："二哥开门！"

二先生知是弟弟，便披衣起来开门，大家坐了谈话。

二先生道："罗颂芳怎样逼迫你？"

他兄弟很惊奇道："难道你已竟知道了么？"

二先生道："我同朱筱波在二号总会里听见的。"

他兄弟道："颂芳仗着他曾救我之恩，定要逼我将秦美玉的匣子从保管库里偷出来，设法将匣子打开，看看里面究竟放着什么东西。我说：'这个虽然可以办到，但于你不但无益，而且有害。即使晓得了匣子中的东西，也决不能娶到秦美玉。假使娶到了，终有性命之忧，因为你不知秦美玉的秘史。秦美玉是什么出身呢？她的母亲是三十年前著名的女盗新月四姑娘。'我想我说了这话，他一定要害怕的了，不料他为美色所迷，不信我的话，并说和美玉结婚了一天便死也情愿的，因此我领他到我的乳母那里。这是我早想到而预备了的。我一面作色，一面说道：'乳妈，你可知道鼎鼎大名的秦美玉母亲的历史吗？'乳母假做不肯说，我叫颂芳立誓守秘，决不将她的话告诉第三人，乳母才道：'罗少爷，你听了不要怕，美玉的母亲，是我的姊姊，她是个凶很的女强盗。男女老少，已不知有多少断送在她的手里了。当时我和父母等，恐怕连累，连忙举家远迁。她也飘泊在外，自干自的生活。听说美玉是她和一个盗首生的，到后来盗窟被官军剿平，她才带着美玉改装逃生，在某乡隐居了二三年，到美玉十六岁时，同来这里学习扮演影戏，到现在竟哄动了一般人……'颂芳惊道：'秦美玉果真是强盗的女儿吗？'乳母笑道：'为什么不是呢？'那时我插嘴道：'你也曾说美玉已是攀亲了的。'乳母道：'对的，并且据说攀的是富贵人家呢！'罗颂芳问他：'那么，她为甚还要如此调弄一般痴少年呢？'乳母说：'不知。'我说：'这就是危险之点。'乳母又劝了他许多话，叫他不必妄想，徒费心思。"

二先生静听了好久，至此才问道："罗颂芳怎样呢？"

老三道："当时他虽信以为真，不说什么，但似乎还没心死。"

老二道："罗颂芳是怕死的少年，我敢断他，决不再想娶美玉的了。"

老三想了一想，慢慢地说："或者他仍欲猜匣子中的东西。"

老二笑道："你莫呆了。没有内线，谁能猜得出？或者我们也上了那老妇人的当了。我看这是秦美玉有意设下的诡计，以此骗骗一班捧场之徒，甜甜他们的心。但我们不必为人作嫁了，也不必和人作对。"

老三听说，因问他的成绩如何，他只叹了一口气，道："失败！失败！"

明天早上八点钟时，陶二先生正从床上起来，佣妇拿新闻纸进来，他展开一看，只见第一张"时评"前登着一条木戳大字的广告，题道：

林子文大律师代表秦美玉启事

其下二行小字道：

秦美玉求婚猜卷，自昨日下午三时起至六时止，已收到一千三百余通之多，实出本律师意料之外。

兹据敝当事人声请，递交猜卷期限，改至今日下午五句钟为止，幸希各界注意为荷。

此启

二先生自言自语道："真相露了。"

他连忙洗了脸，到客堂里吃早餐时，老三也在那里了。兄弟俩讲起秦美玉的广告。

老三道："但哥哥可知道秦美玉要嫁的，究竟是谁呢？"

二先生道："秦美玉的母亲，只教我监视她女儿和一陌生男子的举动，没有告诉我是谁。我只晓得那人名字中有个'龠'字的。他的身世，我也有些明白。好在明日此事便可宣布了。"

两人正说时，戴大玳瑁边眼镜的黑大麻子来了，两人齐呼道："老赫，今天的报纸，看过了没有？"

老赫恨恨道："看过了，不过我同老二白废了一星期的侦探功夫。"

老二道："多言无益，快将那只白板送还他吧。"

老赫道："我不愿意出丑了。"

老二笑道："你既不愿意去，便叫小卓去。"

此时二人早餐已毕，便叫汽车夫小卓进来，吩咐他道："你快开汽车到群乐旅社门首，将这只白板拿在手里玩弄，如有人问你时，你只须问他也有这同样的东西没有，他如说也有二只，那你就交给他便了。"

小卓应了几声"是"，便出去了。

陶氏兄弟俩和老赫商议，他们今日一天，不能留在这里了。

二先生也不去报秦美玉的母亲了，立即打定主意，乘午车到杭州去，并吩咐妻子和男女佣仆，如有人来寻访，只说主人有急事出门，不知往哪里去了。

陶氏兄弟俩刚出门后的五分钟，朱筱波和罗颂芳都有电话来，说要和二先生、三先生说紧要话，十分钟后又先后跑来，涨红了脸，着急心焦之状，妙不可言。一会去了，一会又来，好似苍蝇摘掉了头，走投无路。幸亏两人没有撞见，否则你看了我的汗流满面，我看了你的气喘如狗，不免要"嗤"地笑出来吧。他们没法，只好照着自己意思去猜度匣中物了。

到后天的报上，秦美玉的律师，正式宣布："匣中物由周君铁盦猜中，不日与敝当事人秦美玉女士结婚。"

这个消息惊讶了合城市的人，他们纷纷议论猜度。他们从没听闻过这个人名，也不知这人是从哪里来的。其中最气不过的，就是朱筱波、罗颂芳两人。他们平日常在人前自夸是美玉的情人，有享受温柔乡艳福舍我其谁之概，不料如斯结果，能不妒恨交并呢？

但匣中物到底是什么呢？乃是秦美玉的乌黑如漆的一束头发，一共八十一根，含着"九九无尽"之意，又含着"结发夫妇"的陈义。

至于周铁盦的历史，外人只知他是个陆军大学的毕业生罢了。

至于他和秦美玉的秘史，可在他写给陶氏兄弟的信中，探窥一二。

那封信道：

敝夫妇得如宿愿，皆出两公所赐，感激涕零，胡可胜言。

兹特托人奉上古汉玉小印四枚、宝石四枚，聊酬高谊。则老板、新板之搜求，不为徒劳乎？一笑。

仆与美玉之前史，两公或未尽知，爰假寸楮，略宣一二，幸垂察焉。

美玉原名小绿，生母早亡，三岁许婚与仆，后为匪掳去。匪首之妻，即所谓"新月四姑娘"者爱之，因命其乳母抚养之，即今之所谓太夫人也。小绿年十五时，匪党夫妇皆被捕，独乳母率小绿匿地窖中，得免。

仆既毕业于陆军大学，即有意探访小绿，天缘巧合，转辗竟得相遇。仆正喜出望外，而其乳母则死不承认女与仆有婚约。盖小绿已易名美玉，方为影戏明星，月入颇巨，媪竟视为钱树子矣。

幸美玉访悉前情，竭力抗议，媪知力持无效，因变议须得美国新到之宝石三十四块为聘。此项宝石，值洋丑万余元，媪意谓穷措大安从得多金，以购宝石，必知难而退。而朱、罗二人，皆富家儿，力足举此。女因没策以"匣中物"为试题，事先作同样之匣二，以一匣示媪曰："我以我之年庚帖置匣中，能猜中者我即嫁之。"

媪果大喜，力促其行，一方则遣人告筱波等，不知此被遣者，已为小绿所买，而匣又换置。然媪犹在梦中。

幸小绿宣布求婚之夜，宝石三十四件（其中白板三枚，亦为白玉，非寻常物），已入吾手，翌晨十时，即送至媪所，并曰："美玉即嫁我，亦当以所入十分之一，供母甘旨。"媪喜曰："即此珍贵物，已值五万金矣。吾谓婿果能人，必非长作穷措大者，今何如？"嗟乎！媪之心可以见矣！

吾书至此，吾妻小绿曰："彼若不贪者，何致逢盗首之怒，而遭削颅之痛？迄今长日戴帽，虽盛暑不去，不敢以真相示人耶？……"

总之，小绿此举，诚非得已。今请守秘，期以十年。十年后则求两公善为宣述，聊作茶余酒后之谈资。俾天下知秦美玉求婚之举，固非居心玩世，而调笑热肠人者也。

周铁盒、秦美玉自蜜月旅行之第七日寄

（原刊于《红杂志》第十八至十九期，1922 年）

念佛珠

念佛珠

卓呆

陸老頭兒把他的兒子徑妖。

院中拖到來他自己氣極了。

忙將兒子鎖在一間向東堆

破傢伙的屋中道是沒有窗

戶的屋子只有這一對門因

自鎖好後獨自到書房中去

鎖實對付這兒子的寄後方

此內部光線也沒有的他親

法想了一夜還是沒法子。

（一）

卓呆

陆老头儿把他的儿子从妓院中拖回来，他自己气极了，忙将儿子锁在一间向来堆破家伙的屋中。

这是没有窗户的屋子，只有这一对门，因此内部光线也没有的。

他亲自锁好后，独自到书房中去筹划对付这儿子的善后方法，想了一夜，还是没有法子。

天明后陆老头儿带了仆人陆福，一同去开锁，打算把儿子再叫出来，训斥了他一番，然后看他有没有悔过的样子，方始可以再定办法。

不料陆老头儿开了锁，借着陆福手中的灯火光看去，不禁使二人大吃一惊，一同"哎哟"一声，倒在地上。

合家人闻声而至，方知少爷已被人杀害，死在那里，于是一阵大乱。细细看时，少爷的脑袋，已经割下，也不知哪里去了，不但四处寻不到，连附近也没有一滴血迹。更奇怪的，是那无头的尸身，竟直立室中，不会倒下来。

犯人一些不留痕迹，室内三面是水门汀墙，地上也铺水门汀的，门依然好好锁着，凶手从哪里进去？他的目的何在？合家竟无人知道。

当时老头儿不过打算把儿子在这室内暂<u>寄</u>，<u>尘</u>埃满屋的地方，哪里想得到会有意外之事呢？

到一面报告警局时，一面有人在室隅拾得一串念佛珠。

大家十分诧异，因为他们家中没有这件东西，一定是外面来的，或者与凶手有什么关系啊！

（二）

寄尘

陆老头子全家的人，为着这事，都弄得神经乱了，手足失措，一面自己在那里察探，一面报告警局，一面还托一位邻舍江先生，去请侦探。

江先生找着一位著名的侦探，报告一切的情形。

那位侦探笑道："这件事还值得请教侦探么？简实是小孩子的玩意儿！"

江先生急得跳脚道："这是人命关系，何得说是小孩子的玩意儿？"

侦探道："先生不要慌，听我说吧！房子既然很坚固，门又没有破，凶手从哪里来呢？一定没有凶手！"

江先生道："没有凶手，何能杀人？"

侦探道："不是凶手杀人，是他的少爷自己杀自己！"

江先生道："自己杀自己，头往哪里去了呢？又何以没有血迹呢？"

侦探道："头并没有落，血也没有出。"

江先生更奇怪地说道："这是什么话？"

侦探道："先生，他家少爷，哪里是自杀呢？只不过将身上的衣服向头上一兜，扮一个鬼，吓吓陆老头儿罢了！你试想想，人死了，还能够立在地上么？所以说他的头并没有落，只蒙在衣服的里面；血并没有出，所以地上没有血迹。"

江先生道："这样的把戏一看便看穿了，为什么他全家的人都看不出呢？"

侦探道："陆老头儿无意中一见，受了惊吓，便吓得晕死了，这是在人情之中的事。他的全家的人，看见陆老头儿好好地倒在地上'死'了，又是怕，又是奇怪，又是悲痛，神经哪有不乱的道理？神经一乱，哪里能够知道他家少爷是在那里扮鬼吓人呢？"

江先生点头道："这话很有理，但是那串念佛珠又从什么地方来的？"

侦探正待回答，只见有一仆人，送上一个名片来，说是有客人在客厅里等着，要见主人。

侦探看他名片，上面印着"**莟狂**"两个字，又一行小字道：**侦探小说家**。

那位侦探点点头，又回顾江先生道："先生请坐一坐，停一刻我再来和你谈吧！"

（三）

茗狂

侦探到了客厅，就见一个少年等在那里，一问就是茗狂。

不免周旋了一阵，就听那茗狂说道："我是久慕大名，特来有求于先生的。我新近接编一种《侦探世界》，想多登几种有价值的作品。先生是国中第一位大侦探，想必经历过许多奇案，也能叙述几桩出来，发表一下么？"

侦探道："这是你太夸赞了！我虽曾办过几桩案子，但无一件有叙述的价值的。不过今天却遇见一桩奇怪的案子，你也要听听么？"

苕狂听了，不觉眉飞色舞，就道："好好！请你快些讲吧！"

　　侦探随把方才那件事，细细对他讲了一讲。

　　苕狂刚刚听完，就跳了起来，说道："你以为这是一件奇怪的案子么？你以为这串念珠来得不可思议么？其实照我想来，这是很容易解决的呢！"

　　此言一发，侦探倒惊诧着说道："怎么说？这是很容易解决的么？"

　　苕狂道："容易之至！听我讲吧！你不是说这串念珠，并非陆家之物，一定是外面来的么？那么在这房门紧闭、窗子全无的室中，除了陆老头儿的儿子关在那里，还有谁走得进去？这是由他身上摸出来的，可不言而喻了！并且你不是又说那陆老头儿的儿子是喜欢狎游的么？在这城中，尼庵最多，一般妖尼，浓装艳抹，打扮得如妓女一般，时常出来勾人。陆老头儿的儿子，保不定常往那里走走的。那么更可决定，这串念珠是由他从尼庵中取了来的呢！大概是和那班妖尼闹得玩，偶然藏在身上。当他关在房中，耍干这鬼戏时，忽然想起，就摸了出来，丢在室中，用来混乱人家耳目，人家不免就上了他的当了。你说对不对啊？"

侦探听毕，不觉恍然大悟，笑道："你的推测一点也不错，一定是如此的！我倒几乎被他蒙混过了。这样说来，这件案子，一点没有什么事情了，完全是闹得玩笑啊！"

此时苕狂也起身兴辞道："谢先生把这件案子告诉我，我得了这种资料，倒又可做成一篇滑稽侦探小说咧！"

苕狂走后，侦探回到书室中，就把这种理解，对江先生说了，并说道："如今你回去吧！大概没有什么事情，我也不必去了。"

江先生倒很现出一种踌躇之状，道："这不过一种空虚的推测，哪里就作得准？你还是同我去瞧瞧吧！并且也从没见过，侦探探案，连出事的地方都没有踏勘，凭着三言两语，就可解决的呢！"

侦探笑道："你不知道，这是一桩特别案子，所以不得不用特别探法。如今包已无事，你快些回去吧！我是一定不去的了。不过还有一句话关照你，将来在这串念珠上，恐怕仍要发生什样事情咧！"

江先生无奈，只得辞了出去，口中却咕噜着说道："这位侦探真特别，真滑稽！"

侦探不去理他，却也在那里自言自语道："这苕狂真是奇怪极了，怎么名片上单刊着'苕狂'二字，下面又刊着'侦探小说家'？这样稀奇古怪的，到底算什么路数？莫不成他是个有神经病的么？"

（原刊于《侦探世界》第十四期，1923 年 12 月）

江南大俠

本篇作者寫「八大可」是美洲先生當時為西湖國術館館長，諸行初
學十人輪流掛號，即聲驚四座因禮費聲震一世代明
信孚草草結束少年神頭乃馮高輪
今多相約中國不點當出伊自行
致消同難之此篇作者當時何者更引入人勝實集諸家小說中
不可多得之作也

（一）

在紙報界商場最頻繁的時候三陽公司纜繫理伯原也忽然要大船子這
不是一時念念團魂的案子罷

大偵探對於三陽公司出來的不住輕勤在心裏
賢艮而愁都小關維在所，一寫長布寂靜的街道上聽聽行建
時城是陰曆半十二月的下旬西北風結得僂度兜一散天上運景光都在紙有

本篇作者为大可、卓呆、芙孙、茗狂、寄尘、律西、济群、独鹤、澹盦、瞻庐诸君，初拟十人轮遍，即作结束。讵因澹盦开首太觉离奇，千端万绪，万难一一交代明白，倘若草草了结，殊少兴味，乃议再轮一周，并相约中间不点澹盦，由伊自行收束以难之。此篇作者当时俱各聚精会神，步步引人入胜，实为集锦小说中不可多得之作也。

（一）

澹盦

在抵制劣货风潮最激烈的时候，三阳公司总经理徐伟臣，忽然被人暗杀了，这不是一桩惊心动魄的案子吗？

大侦探许英士，从三阳公司出来，他的脑海中间，风轮也似的不住转动着，心里起了无数的疑云，兀是解释不开。

他在那一条长而寂静的街道上，踽踽独行。这时候是阴历十一月的下旬，西北风刮得像虎吼一般，天上连星光都没有，只有街旁几盏半明不灭的路灯，照着他向前行走。他把头上的呢帽，按了一按，又把大衣上很阔的皮领，拉了起来，遮住了面部。帽子和皮领的中间，只露出一副又圆又大的罗克眼镜。

两只手插在大衣袋里，低着头匆匆向前走，心里却暗暗地想道："这件案子真可算得离奇极了！十一点钟的时候，还有人见他，和他讲话，一个钟头之后，就被人暗杀了。但是据医生检验后的报告，说他被害的时候，一定在十一点钟之前，那么这个与他讲话的人，难道是活见鬼吗？据管门的人说，十点钟以后，便没有什么人出入，那么这个凶手怎样进去的呢？凶器是一把很锋利的刀，把他脑袋割下来了，血流满地，情状十分可惨！最奇怪的，便是这脑袋竟塞在一只大花瓶里！这花瓶一向供在客堂内天然几上，瓶里还有小半瓶的水，供着几枝腊梅花。论这瓶的容积，便是两三个脑袋，也放得下去，但是瓶的颈项很小，只有茶碗口粗细，四面和瓶底上，又光滑完好，并没有一条裂缝，这脑袋怎样塞进去的呢？而且据公司中人说，客堂里边，大家不住地走出走进，却并不见有人移动这花瓶，要不是凶手留着一张字条，谁也想不到这脑袋会在花瓶里的。后来硬生生把花瓶打碎了，方才把脑袋取出来，这不是奇怪极了吗？……论徐伟臣这个人呢，也的确有取死之道，谁教他为虎作伥，专贩劣货呢？前几天还听得他奔走京津，兴高采烈，正在介绍一笔卖国的借款。论起他的行为来，实在是死有余辜，我要不是为着职守所在，谁耐烦去替他侦查这桩案子呢？"

他想到这里，忽然觉得头上的呢帽，微微一动。这时候他正走到一盏路灯底下，他急忙站定了，回过头去，四下一看，除了他一人之外，街上冷清清地，简直连影子都没有一个。

他把呢帽拉下来一看，奇了！这呢帽的边上，哪里来的一条白纸？

他把纸条拿在手中，就在灯光下一看，只见上面写着两行小字，道：

你自以为本领很**大**，**可**以担任这一件案子吗？

我劝你还是歇歇吧！你若一定要着手侦查，恐怕你的脑袋，也要和徐伟臣一样！

江南大侠　警告

（以下请大可续）

（二）

大可

　　许英士看了这张纸条，自然格外惊讶起来，但他究竟是个老侦探，心上虽然十分吃惊，面上却仍一些不露，当下把那张纸条折叠好了，顺手放在大衣袋内，迈开大步，仍往前走。

　　走不上半里路光景，忽然有人在他背上拍了一下，说道："许先生，我有要事找你哩！"

　　他急回过头来一看，不是别人，却是他的助手华又生，忙问他道："有什么事？"

　　又生道："适才大盛里徐公馆有电话来，说是徐太太今夕忽然失踪。"

英士不禁诧异道:"大盛里徐公馆,不是徐伟臣的家中么?徐伟臣今夕被人杀死,他的夫人又在今夕失踪?真是合了'福无双至,祸不单行'这两句话。但不知道失踪的情形如何,你可知道么?"

又生道:"我接了电话,因为你到三阳公司去了,说不定什么时候回来,所以我先跑去调查一回。徐伟臣住的乃是二上二下的房子,伟臣家中本有父亲和兄弟,因伟臣贩卖劣货,很受父亲的责备和兄弟的劝告,大家反目,就析居了。现在伟臣的家中,除了伟臣和他夫人田氏,还有一个车夫和两个娘姨。今天午后,伟臣还和田氏到莺花舞台看戏。晚饭以后,伟臣到公司里去了,他的夫人兀自一人坐在楼上,有一个扬州娘姨送茶上去,见她正在伏案作书。到了十一点钟的时候,接到三阳公司电话,知道伟臣被人暗杀,赶紧上楼报告夫人,不知何时已失踪了。我到楼上检点一过,房中什物,毫无移动,衣箱里的衣服、首饰匣里的首饰,也未遗失。后来在她的枕头底下,寻出一封书信,乃是给伟臣的。"

英士听到此处，忙道："此地不是讲话之处，我们还是到办事处去吧。"

于是两人又转了几个弯，到了办事处。

又生伸手到大衣袋内，摸出那封书信，正要递给英士，忽然觉得这封书信不是原物，在灯光下看了看，不禁失声骇叫起来。

英士见他这般光景，忙问道："莫非是一位署名'江南大侠'给你的么？"

又生道："何尝不是呢！但我离了徐家以后，路上并没遇见何人，这封书信何以会在我的袋内呢？我的本领这样不**济**，**群**众还称我'东方福尔摩斯'，真是惭愧极了。"

（以下请济群续）

（三）

济群

英士把条子接过来看时，只见上面写道：

徐伟臣的事，是我一手包办，请你关切英士，不必多管。要知我这次做的事，是替四万万同胞做的，并不是为我一人出气而已。照徐伟臣平日的卖国行为，简直可以灭绝他的子孙，现在只把他一人处死，可算格外开恩了。他夫人的失踪，与我无关，内中尚有别情，我倒晓得，只是不便说，请你自己侦查吧！像伟臣这种人，怎样可算是中华民国"国民"？你们何必替他去奔走呢？

江南大侠

英士看完，正想同又生说话，忽闻门上有剥啄之声，又生急忙将纸条折好，塞在袋内。

英士说了声"进"，推进门来的却是仆人，手里拿了封信，说："这是即刻送来的，送信人还等着呢！"

英士把信拆开看时，那信上道：

> 家兄惨遭暗杀，已蒙鼎力侦查，沉冤不难大白。惟家嫂忽于今夕失踪，弟已将二女俾监守。顷华君已来察视一过，恐尚未妥，特请大驾立即偕来人至大盛里一行。至要至盼！
>
> 徐仲容 启

又生道："我看江南大侠劝告的话，一些不错。我们还是连他夫人的事也不必管账吧！"

英士道："论徐伟臣的行为，我也不愿侦查。不过这案情委实太离奇了，我的好奇心勃发，倒偏要去查一查唰！"说着，起身拿了呢帽，问又生道："你同去么？"

又生摇头道："我不去。"

于是英士一人随着来人去了。

这时候时钟已打过二下，街上行人很少，西北风虎吼似的刮来，把半明不灭的路灯，刮得益发惨澹。

英士走了一段，忽见一个瘦长身材的女子，亭亭苕**苕**，**狂**喊着"救命"，迎面奔来。

（以下请苕狂续）

（四）

茗狂

英士一见那个女人奔来，心中很是诧异，想这么夜深，还有女人在街上狂奔大喊，大概是遭了什么非常事故了，看来总脱不了"奸盗"二字的范围吧！

同时，忽听徐宅差来的那个人，又在旁边说道："咦？这不是我家的少奶奶么？"

英士一听，更加兴奋起来，暗道："巧极了！我正想到伊家中去，查探伊失踪的事情，谁知竟在半路上遇见，这不是省了许多事么？"正想迎上前去，忽从斜刺里，奔出来了一个伟丈夫，挽着他的手腕，飞快地向一条小弄中奔去。

那人的手又粗又大，抓着了英士，好似老鹰捉小鸡一般。

英士挣都挣不脱，只索跟他奔走，待要喊时，那人忽又拿起一块手帕，回手向他鼻观上一扬，他便顿时晕去了。

等到醒来，自己似乎睡在一个地方，但漆黑一片，不辨是何所在，不过知道不在露天罢了，而脑中昏腾腾的，尚没有十分清醒。

正在推索之际，忽见电光一亮，照在对面，似乎照在一垛白墙上，跟着就现出"注意"两个大字。随又如映影戏一般，映出了一张片子来，上面写道：

余之延君至此，非有加害之意，特有下忱，欲一陈于左右，则君既毅然不顾，以徐案自任，是与余已立于对垒之地位，余又安敢不自勉？惟君亦宜振刷精神，疏清脑力，示余一二可观之事，否则譬之演戏，台下既倒好齐起，台上之余，亦将拂衣而去，不欲与君配演矣。君谓何如？幸加之意，而余策君第一事，即君将何由出此室耳。至于彼姝之事，涉及暧昧，为盛名计，似以不干预为是，不知君亦能纳此忠告否耶？

江南大侠 白

这张片子，映在墙上，约有几分钟，又一闪而灭，又入洞黑之中。不过在这电光明灭之间，约略瞧见了些形状，知道乃在一间室中，室隅似有电灯的机关。

英士便立了起来，走到那边，果有一个机关，便把来一扳，登时全室都浴在电光之下。只见陈设绝简单，上面挂了一块匾额，写着"一庐"两个字。

此外却有一件很奇怪的事情。原来他仰首四瞻，庐中并无一扇门，也无一扇窗，并连一个小洞都找不出。方才那张片子，不知在哪里映出来的呢？

（以下请瞻庐续）

（五）

瞻庐

再向地下看时，很坦平的水门汀，一条裂缝都没有，兀的不十二分奇怪。

这个所在，苍蝇蚊虫都钻不进，自己一个昂藏七尺之躯，怎会入得这间屋？苍蝇蚊虫都飞不出，自己一个昂藏七尺之躯，怎会出得这间屋？

"我许英士干那侦探事业，十拿九稳，从来不曾失败到这般田地。唉！江南大侠，你也忒煞厉害了，把我装入这个闷葫芦里，上天无路，入地无门，地方又狭窄，空气又混浊，倘不闷死，也要饿死，这便如何是好？"许英士想到这里，头脑里一阵昏迷，又晕倒在这间屋子里面。

华又生两天不见了英士，知道大势不妙。

"许先生不肯听我劝告，轻入虎口，一定遭了江南大侠的暗算。我虽没和江南大侠会过面，可是他的威名，早已如雷贯耳。"

常听得江湖上人说，大侠嫉恶如仇，算得中华民国顶天立地的奇……奇什么，或者是奇男子，或者是奇女子。只为大侠手里，曾经诛戮五个卖国贼，连着徐伟臣便是第六个。他的杀人手段，很是奇妙，从来不曾破过案，也不曾露过庐山真面。有人说他是个虬髯丈夫，也有人说她是个妙龄女郎。扑朔迷离，雌雄莫辨。休说苦了我们侦探家，便是赫赫有名的新文化大家，提起江南大侠，还不知用个"他"字才好，用个"她"字才好。

大侠既有这般出神入化的本领，寻常侦探家，怎在他的眼里？便是中华民国最有名誉的四大侦探，也被他战胜了两个。这四大侦探，第一王独，第二许英士，第三包上达，第四章锦。

"包上达和章锦都失败了，轮到我们许先生，敢怕又要失败在大侠手里。可是我在许先生手下办事,许先生失踪,我当然要不避危险,探汤蹈火,去访问一个下落。"

趁着天色微明,路上行人稀少,华又生径向大盛里徐公馆去探访动静。为着秘密起见,先到后门口察看一下,走入里中,转了一个弯,左右都望了一望,不见有人往来,才慢慢地向着后门那边走去。

蓦然间有人把他衣襟一扯,回头看时,不是别人,便是第一名大侦探家王独。

又生大喜,便轻轻地问道:"王先生,可也是为着侦探这件案子来么?"

王独点了点头儿,当下两个人走后门旁边,恰是一带齐肩的短墙。

忽然墙里有"吱吱"的声响,又生好生诧异,便和王**独**,**鹤**颈般地伸长了脖子,向内瞧视。

（以下请独鹤续）

（六）

独鹤

只见一个浑身穿着黑衣、脸上罩着面幕的人，正在开足自来水，盥濯手上的血渍。因为夜来水急，故此有那"吱吱"的响声。

他洗完手，便把外面的衣服和面幕一齐卸下，又从地上拾起一把五六寸长的利刃，光芒射目，插在腰间皮袋内，然后卷作一团，夹在肘间，大模大样地走到后门边来。

王独连忙拉着又生，避到旁边一条小弄中，看他走出后门，向四下望了一望，便慢慢地向东走去。

王独低声对又生说道："这大约就是江南大侠了，你赶紧到里面去，看又杀伤了什么人。我此刻就要追踪敌人前往，待探出了他的下落，然后就可设法把英士救出来，免得再遭敌人的毒手。"说完，也不待又生答话，便急匆匆地蹑足去了。

那江南大侠倒也奇怪，他既自谓"杀死徐伟臣，是为歼除国贼"，那么伟臣家中，现在只剩了娘姨、车夫几个人，难道这班人也是国贼吗？为何今夜还要来杀害呢？

又生一面肚内思量，一面转到伟臣家前门口，看看门还未启，便拉着铜环敲了几下。

停了一会，才见那车夫倦眼惺忪地来开了门。

又生问他道："你们这里今晚又是什么人被杀了？你竟没有知道吗？"

他呆呆地看了又生半晌，才说道："先生，你莫非弄错了吗？我们这里自从少奶奶失踪后，两个娘姨都被二少爷带回去看管，此地只有我一个人住着。我既好好在这里，还有什么人被杀呢？"

又生道："这真奇了！你快去把你二少爷请来，我有话和他说咧！"

车夫答应着，转身便去。

不一会，徐仲容来了，又生便把方才所见的情形告诉他，他也很为诧异，当下便一同走到楼上去察看。

刚走到楼门口，徐仲容忽地失声惊呼道："咦？这门明明是我锁着的，怎的锁会落在楼板上呢？"

说时，那车夫已推开了门，又生一眼瞧见床面前躺着一个短衣窄袖的男子，一颗头都浴在血内，双目紧闭。

走上去摸了一摸，鼻息微微，还没有断气。

窗前桌上放着一张字条，具名又是"江南大侠"。

又生正要从头细看，忽听那车夫怪叫道："啊呀！这人好象孙碧芙，孙妈常常鬼鬼祟祟地招他来，说是她的干儿子呀！"

又生道："孙妈是什么人？"

车夫说："就是那扬州娘姨。"

（以下请芙孙续）

（七）

芙孙

又生道："孙碧芙既时常到这里来，他平日的为人怎样，你一定能够明白。你且说说看！"

车夫道："少奶奶没有失踪以前，孙碧芙时常由孙妈招他来。最奇怪的，我家少奶奶楼上的卧室，他都进出自由，一些没有顾忌，我心里早已有些疑惑。没有多时，又由孙碧芙领来一个少年。这少年的年纪，约有二十五六岁光景，装饰很是考究。他左颊上有一块很大的红瘢，是他最显明的标记。这位少年，每次到这里的时候，也总与我家少爷到三阳公司的时间相左。不过他每次上楼的时候，孙妈的脸上，更是装出一种鬼鬼祟祟的神气。我拉少爷到三阳公司以后，有时回来，总遇见他，我心中虽是狐疑，也决不敢在我家少爷面前多一句嘴。但据孙妈说，那少年姓田，是我家少奶奶远房的堂弟。在我家少奶奶没有失踪的前三天，我还瞧见孙碧芙和那个姓田的，在我家大门口，大家秘密地谈了一会。他们谈些什么，我却听不清楚。他们走后，我无意间在大门口捡着一张字条。"车夫一面说着，一面就从口袋里把那张字条摸了出来。

又生和徐仲容，大家抢着观看，只见上面的字迹，是用铅笔写的，并不十分清楚，只有歪歪斜斜的两行道：

小菲青及，事已急迫，今晚八时，在梨痕路十七号相候，面商一切。

知白

徐仲容瞧了一半，失声说道："这案有了线索了！小菲是家嫂的乳名，外人决计不会知道。这张字条，一定

81

是那个自称田姓的所写。字条上面，既有地址，最好又要劳华先生的大驾，前往侦勘一下，或者与本案不无有几分裨益。"

又生道："既然如此，我一面打个电话到警署里报告这里的情形，一面就到梨痕路十七号去探访。"说着，立刻打过了电话，便坐上车子，直到梨痕路而去。

那边的地段，近于荒僻，平时人迹罕到。车子刚到了梨痕路，又生就举目四看，只见路旁都是一带短墙，墙的左面，有两座洋房，却是一**律西**式。又生仔细一看，正是十七号门牌。

（以下请律西续）

（八）

律西

门上钉着一块铜牌，刊着"田公馆"三个字，上面还配着英文。

又生正要举手按那门铃，转念一想："我不过是许英士的助手，身上又没有带着侦探证据，倘若敲错了门，被他们诘责起来，倒是无言可对，不如且到徐公馆去，看看警局勘验的情形，等晚上再来混进里面，倒可以得着些秘密。"

正待转身，忽见田公馆开出门来，似乎是送客的样子，里面走出七八个少年，年纪都在二十岁左右，身上都穿着极华丽的衣服，一看就晓得是浮薄一流的人。

最奇的他们的衣服虽是颜色不一，却每人衣领内都衬着一条白带，上面绣着一个红蝙蝠，出门后便东奔西散地去了。

又生便假作过路的人，跟在后面，出了梨痕路，才坐上车子，直到徐伟臣家里来。

果然警探都已到齐，孙碧芙因为受伤过重，已经无可挽救，正在脱开衣裳检验。见他身上共受有刀伤七处，内中有三处都是致命的。又在他穿的紧身里面，也发见了一条绣着红蝙蝠的白带，带上还系着一个银质徽章，刻着"党员"二字。

警长见了像是很注意似的，便走过去，亲手取了，藏在自己袋里。

再看碧芙身边还藏着许多秘密信件，警长略一翻看，晓得都是很有关系的，深恐漏泄了，对于全案大有不利，便叫一个亲信的从人收了起来，带回署中详细研究。

又生见这边事已完毕，便先回去。

吃了晚饭，又到梨痕路第十七号来，恰好遇着一个女仆买了茶水回去，他便跟在后面，走了进去。

见这房子虽大，电灯却关得黑魆魆的，只有楼上一间还有灯火，便轻轻地上了扶梯。

朝里望时，乃是一间极华美的卧室，案上放着妆奁器具，一个妇人和一个少年对面坐着。

只听那少年道："今天开会为什么不见孙老五呢？"

妇人道："你还不晓得么？我前天出来的时候，因为一时匆忙，所有许多要紧的信件都没有带来，在我的名誉上很有关系。昨天想起，所以托老五去取来。他原不肯去的，我想那边除了车夫更没有第二个人，不至于有什么危险，又许他取到之后，送他三百块钱，他才欢喜着去了。但现在已是一天一夜了，还不见他回来，莫非有什么意外么？"

那少年听了，似乎触动了一桩心事，朝那方**卓呆**看着。

（以下请卓呆续）

（九）

卓呆

忽而少年向妇人道："孙老五此刻还不见来，事情不好了。因为我与他有一件极紧要的事，约定在此接谈的。这是关于他生命的事，他断无不来之理。现在等了好久还不到，事情一定有变了。"

少年说到这里，突然一声"啊呀"，又叫道："不好了！你看你头上什么东西？"

妇人一听，忙向镜中去照。

又生在外面看时，见妇人的发髻上，正插着一柄小尖刀啊！方才还没有咧！怎么一转瞬间会加上这可怕的东西呢？

二人惊骇非常，少年急忙替妇人将刀拔下。

在灯下对那刀上看时，妇人惊道："有字！有字！"

少年又念道："江南大侠！"

又生听了，怎么不惊？不料正在吃惊时，又生右手按着胸口，觉得怀中有一件什么硬东西。他即忙摸出来看时，这一惊，更非同小可！

——原来也是一柄小尖刀。

又生不由得两足急急逃出去，晓得再留在此地，要有危险了。

一到街上，借灯光一看，果然刀上也有"江南大侠"四个字。他只得赶紧回去，再也不敢上梨痕路去了。

再说许英士倒醒过来，头脑似乎清楚些，暗想："我的身体，既可以弄进这无孔无缝的室中来，一定有法子能够出去的，不过一时不易发现这门罢了。"

他再四面摸摸，真是光滑无比，一尘不染。他又想："徐伟臣的脑袋，放在花瓶内，倒能够打碎了取出来。我这身体，有谁能够打破此室呢？我情愿装在一个大瓶内，倒还有空气可透……唷！我此刻一点不觉闷，这里一定也通空气，断不是没有门的，而且断不是把门关着的。"

他这么一想，顿时脑中一闪，伸手上去将那"一庐"二字的匾额一推。奇了！这匾额处，立刻成了一个长方形洞，外面似乎有些亮光了。

他怎么不喜啊？自然就从这长方洞中爬出去，暗暗喜道："江南大侠，你准备了很费事的建筑，也只能够把我的身体暂时在此一**寄**。**尘**埃没有一些、光滑无缝的地方，我还是可以出去了。第一事目的已经达到咧！"

（以下请寄尘续）

（十）

寄尘

英士一壁想，一壁爬，一会儿已爬出了那长方形的洞，向四面一瞧，却仍在一间屋里。屋里的陈设，甚是简单，只有一口橱、一个桌子、几只椅子，静悄悄的没有一人。

他心想："奇了！难道竟没有人看守么？"于是轻轻把门推开，忽听得别间屋里又有开门声音。

英士知道有人来了，急忙缩回，想寻个地方暂避一避，竟是无处可躲。忽见橱门微微开着，就顺手拉开，躲在里面，仍留着一线隙缝，侧耳听那足音，觉得很轻而慢，仿佛也防人听见一般。

英士好生诧异，后来足音渐近，又听得开门的声音，知道已到这间屋里了，于是向隙缝里望去，只见那人右手拿着柄手枪，探头探脑，似乎也在那里侦探什么。

英士仔细一瞧，不觉大喜，轻轻说道："你是王独么？"

那人不提防有人喊他，倒骇了一跳，回过头来，果然是王独。

英士把橱门推开，想跑出来，无意中触着了橱的后壁，觉得有些活动，竟是扇秘密的门。

王独见了英士，喜道："你怎么躲在橱里？寻得我好苦！"

英士把被闭在地窟里的情形约略说了一遍，并问王独怎样到这里来的。

王独指着橱的后壁门道："我们且慢讲废话。现在你既发现了这扇秘密的门，我们**大可**向这里面探一探再讲吧！"

（以下请大可续）

90

（十一）

大可

英士道：“且慢，且慢！我被他们弄到这个地方，一天到晚，不见日光。若不是我带着一只鹰格索表，哪里知道已经住了两天三夜呢？现在我肚子里饥饿得很，你可带着什么干粮？给我一点！”

王独听了，不免鼻子里“哼”了一声，道：“亏你还是一位大侦探，怎么干粮都没预备？”说着，便在袋里取出一大片面包，递给英士。

英士一头吃面包，一头问他进来的情形。

王独道：“今天早上，忽然有人打电话给我，说是江南大侠，‘现在大盛里徐公馆，请你赶快前去会他！’说了这两句，就摇断了。我去问明电话局，知道是东六百零六号徐公馆打来的，所以马上赶到徐公馆，在后门口，遇见你的助手华又生。我们两人正想进去，忽然有个黑衣人走将出来。我知那人就是江南大侠，当嘱又生进内视察，我便暗暗跟定那人。转了三个弯，忽然不见那人的踪迹。我在路上踯躅了好一会，看见此处还有电灯，很是诧异。因为里边没人住，何以电灯明晃晃的？里边有人住，何以白日不关电灯？是我好奇心动，所以逾垣而入，搜寻到此。"

英士到此也恍然道："是了，是了！我在长方洞里出来的时候，忘却将室内电灯关上，谅来这是一个总机关，所以外边都开着了。"

王独道："这里不是长谈之处，你的面包已吃完了，我们就此进那秘密门吧！"

于是王独在前，英士在后，刚要跨进橱去，忽闻礐然一声，窗槛外边，掷进一个纸裹来。

王独和英士见了，赶紧拾起一看，只见上面写道：

英士先生请了！你是一个很忠实很勇敢的侦探，我很佩服。不过我所做的事，于国家、社会，都是有利无害，所以请你不必干涉。不意你不听我言，和我为难，故我不得不略施薄技，屈驾至此。

现在你既不能出去，我又不忍害你，没有办法，只得请王独先生到此引你出险。

惟你自由之身，无端被我拘留，实在抱歉得很！我现在已将徐伟臣夫人失踪案内重要人物孙碧芙杀死，你等能从此点勘入，不难破获。

在必要时，我尚可助你一臂之力。这点就是我报偿你的地方。

至于我的秘密，层出不穷，请你不必寻根究底。

言尽于此，少陪了！

王独看了这封信后，不住地念着"孙碧芙、孙碧芙"三字不置。

（以下请芙孙续）

（十二）

芙孙

英士道：“孙碧芙是什么人？他怎么说是徐伟臣夫人失踪案里重要人犯？究竟是什么一回事呢？”

王独道：“这案子复杂得很呢！你被他拘留在这个所在有三天了，当然这三天里所发生的事，你不会知道了。”说着，将大略的情形，用极简单的话讲了一遍。

英士虽不十分明了，但也不便详细问下去，指着那扇秘密的门，道：“我们且别管它，将这门推开来，看看里面究竟是有些什么。”

王独便走过去，轻轻推开那门。

只见里面漆黑，伸手不见五指，没有一些阳光，似乎是一条甬道。

英士打算摸着那电灯的机关，免得在黑暗里过生活，可是再也摸不到，只听王独轻轻地喊道："英士，我们可沿着这墙壁，向前进行。"

他们俩不觉转了几个弯，英士牵着王独的衣襟，道："这条甬道多么长啊！怎么还是不见天日？不过空气倒还不见得十分不足，可想离开那外面也不远了。"

王独道："我们似乎还是不要讲话的好，给外面听见反不好。"

这时，英士走在前面，王独跟在后面，又走了许多时候，转了十几个弯，不觉豁然开朗。

英士回头一看，王独没跟在后面，他也不甚注意。或者是他走得慢些，也未可知。并且这条甬道，不过只有五尺多阔，打那秘密门走起，也从来没有第二条分路，那么他决不会走错了路的。

想着便又转了一个弯，只见一扇门半开半掩着，英士走出去一看，原来是一所荒郊，一望无际，心里想道："方才江南大侠送进来的一张条子，或者就是由此进出的。"

他就自站在门口，等了一会，可是王独还没出来，不觉暗自称奇，心里又转念道："难道他已经先我而出来吗？可是我和他讲话的时候，虽是在暗里，但也明明觉着他在我后面；甬道又是这般狭窄，他要是走到我前面，我怎会不觉着呢？就是他先我出来，他也是一个很细心人，决不会丢我一个人在这里。那么他一定还是在后面，我仍旧在此地等一会儿吧。"这时，无意回头一看，只见离开这门有一百多码的路，有一个人，在那里拿着手帕，朝着他摇着。

英士仔细一看，正是王**独鹤**立在一个坟墩上。

（以下请独鹤续）

（十三）

独鹤

英士又惊又喜，连忙奔至王独身边，问他从哪里出来的。

王独指着坟墩旁边一块破旧的木板，道："这底下不是门吗？我刚才跟在你后面，转到第六个弯的时候，耳边忽听得微有呻吟之声，像是从左边传来的。我很为奇怪，无意间用手去一摸，觉得有一条狭小的歧路。这时你已去远，我本想唤住你，恐怕被人听见了，不当稳便，因即独自挨身进去，才走了十余步，顿觉地位宽广，并且微有亮光。再听听那呻吟的声音，也近在耳际，我便立住脚步，定了一定神，借着一丝亮光，看见右首墙壁上，嵌着一扇板门，门缝内微有灯光透出，才知道那里也是一所密室，不知又是何人被幽禁在里面。本想进去看个明白，或者乘机救他出来，又怕时候耽搁久了，你在外面等得心焦，所以就从这里先出来了。现在你的意思怎样？还是重复进去救出那人呢，还是丢了不管呢？"

英士道："我们身当侦探，看人落在危险之中，怎可置之不理？况且此人或者与本案有关也论不定咧！"

王独点首称是，于是二人遂把那木板轻轻掀开，探身入内。好在此地辟在荒野，行人绝迹，任凭他们自由出入，并没有人前来干预。

他二人走到那板门旁边，王独用力一推，那门登时开了。

英士跟了他进去，见里面的情状，和自己方才所住的一间室内差不多。室隅躺着一人，背剪着两手，双目紧闭着，口内哼哼有声。

英士低下头去一看，不觉失声讶道："这不是大盛里徐公馆的仆人吗？那天他和我走到半路，我被江南大侠弄到这里，直到今朝，几乎把他忘记了，谁知他也被困在此。我们赶快把他扶出去吧！"

王独听说是徐公馆的仆人，也吃了一惊，慌忙从身边取出一把小刀，将绑手的绳索割断，然后和英士把那人扶了起来，两面夹持着，慢慢地摸索着走出去。

到了外面，王独又施了一番按摩之术，那人才微微苏醒。

英士道："此人看着甚是雄壮，却这样不经饿，照现在的样子，大约不能行走。"

王独道："这里是江南大侠的势力范围，况且地下又很潮湿，断难暂<u>寄</u>，<u>尘</u>埃都一些没有，你难道不看见么？"

（以下请寄尘续）

（十四）

寄尘

他们正在踌躇不决的当儿，忽见百步之外，飞快地来了一辆小车，车上坐着一人。

英士眼快，早见那人正是华又生，喜得直跳起来。

又生见了他们，也是惊喜交集。

英士道："又生，你怎么晓得到此地来的呢？"

又生道："我自从那天和王独分手以后，所经历的种种情形，一时也不能说尽。今天在家里，正苦得不着你们消息，不知吉凶如何，忽然接到一个电话，说你们都在这里，叫我快来迎接，还要带一辆小车，不知是何缘故。然而又不晓得电话是哪里来的，无从根问，只得有若无地姑且跑了来，不料果然在此，真是出乎意外了！"

王独道："不必多讲废话！现在既有车在此，我们就把这人载了回去再讲吧！"

英士道："我看还是先往大盛里去一趟。一则此人既系徐氏之仆，应当把他送回去，好生调养，免得他家里人担忧；二则也去看看那面的情形，近来可曾有什么意外的变动？"

王独也很赞成，于是一行人遂齐往大盛里来。

徐仲容接着，自有一番慰劳，不必细述。

又生又把怎样到梨痕路察访，怎样遇着江南大侠，不知不觉，被他将刀插在自己怀中的话，说了一遍，接着又从身边摸出一张字条，道："这是前天江南大侠刺死孙碧芙时候留下的，你们瞧这上面的话，究竟真伪如何？"

英士等听说，急忙接过去大家同看，字条上说：

吾之刺杀徐伟臣，为国除奸，正逢彼伦蹈隙内进，行此不端之事，更欲囊括赀财，恶毒已极，不知者且将以奸盗诬吾。吾素以除恶为职志，势不能贷重罪。此贼本欲致其死命，姑留余气，以待办此案者之质供，借破余党。倘此贼幸而早毙，则东莱路青萍里华安旅馆十二号房中，有一古董客自署"南**苕狂**生"者，颇知其详，试一询之，便可得此案真相矣。

江南大侠

（以下请苕狂续）

（十五）

茗狂

王独看罢，诧道："南苕狂生这人，我曾和他同桌吃过一回酒。那人生得短小精悍，言论豪爽，酒量极大。同席的人，没有哪个能敌得上他。不料他也是江南大侠一流人物咧！"

又生道："提起南苕狂生，我也久耳其名。据说他贩卖古董，并不是贪图货利，不过借此隐身市井，物色当代贤豪，与之交结。他本是革命志士，民初时代曾当过几个月陆军次长，后来因为看着国事日非、奸邪当道，才奋身引退的。他住在华安旅馆已有不少时，平日因他是一个与世无干的人，所以也没有人去注意他。现经江南大侠这一证明，足见此人果是一个韬光养晦的豪杰。因为江南大侠神出鬼没，可算世界奇人。南苕狂生却能晓得他的真相，这南苕狂生的本领，必在江南大侠之上，岂非奇人中的奇人吗？我们应当赶紧去和他接洽，一则使此案早日结束，二则还可请他作介绍，去和那江南大侠会会面，看究竟是一种什么人物，平日藏身在什么地方。我们以后办案，遇到为难之处，不妨去和他商量商量。"

又生说到这里，英士焦躁道："不要噜苏了，快到外面去看看，可有黄包车？唤三辆来，此地到东莱路倒很远咧。"

又生答应自去，这里徐仲容又搬出许多点心来，请他们吃。

英士饿了数日，得此一顿饱餐，顿觉精神焕发。

此时外面朔风甚紧，他三人冒着寒冷，直向东莱路来。

到了华安旅馆，问明账房，知道十二号房间在楼上，他们便随着茶房登楼，到了十二号门口。

只见房门虚掩着，王独同英士、又生推门进去，不觉骇了一跳。

原来房内坐着一个年青貌美的女子，背靠着一张红木梳头**卓**，**呆**呆地不知看着一样什么东西。

（以下请卓呆续）

（十六）

卓呆

　　那女子期待似的对推门进去的三个人微微一笑，把手中的东西放下来，启口道："三位大侦探，请坐！坐了我们可以细谈啊！"

　　又生对四面看看，不见有第二人，忙问道："我们是找南苕狂生来的，不知在此否？"

　　女子又笑了一笑，说道："你们找他，不如找我，并且你们找到了我，就找不到他。我与他，人是两个，其实可以说得只有一个，明白了么？所以，有话不妨与我谈吧！三位不是为徐案而来么？徐案真离奇极了！一个江南大侠，闹得诸位侦探手忙脚乱了，实则他还不过弄一点小玩意儿咧。你们坐啊！"

三人到这时候，只好且坐下来。

英士说："我们有许多话要请教，不知姑娘可以指教么？"

女了点点头，英士一想："此人究竟不知什么来路，有大关系的事，恐怕未必肯说。并且我们也不知道她是否当真晓得一切详细，不妨先把一件小玩意试伊一试。"忙问道："请问那徐伟臣很大的脑袋，怎么可以藏在一个细颈花瓶内？"

女子一听，不禁失笑道："这是骗小孩子的戏法啊！你们看，有标本在此。"说时，拿起桌上方才看的东西来。

大家看时，果然也与那大瓷瓶无异，不过很小罢了，外面花纹也相同。这是木制的。

女子道："此乃山东人变戏法，把小孩子藏在小口瓮内的应用法罢了。瓶上花纹不过遮饰裂缝，颈口，全无关系。瓶自颈至腰处，横截作两段，有铰链连着，可以启闭，可以放巨物在内的。你们在瓷瓶未打破以前，如肯细心观看，也不难发见奥妙。无奈你们太心急咧！徐伟臣的那个大瓷瓶，本来是一件古董，历史很长。你们看了他三阳公司客堂中器具一**律西**式，只有这花瓶和安放花瓶的天然几是中国货，也应当生一点疑问了啊！你们可晓得徐伟臣本来把这花瓶做什么用的？"

（以下请律西续）

（十七）

律西

又生接着道："徐伟臣既专运销劣货，自然与某国人接近。这花瓶大概是他当作古董去骗他们的铜钱的么？"

女子道："这种事或者也是有的，但他做这花瓶还不专为此。"说时，又指着那木质模型道，"你看他这上半截另外有底，依然可以装水养花；下半截却是干燥的，违禁的东西，可以随意装在里面，如同手枪、弹子等类，经关过卡，别人再也不会猜疑的。所以照这样一式的瓶，他家里不知有多少。他这几年所以发这样大财，全是这瓶里来的。至于他那天然几，乃是收藏秘密文件的地方，几面上有暗锁，可以启闭。这两件东西都是伟臣用尽心机想出来的，若不是遇见江南大侠，哪里会失败呢？"

英士道："他既然做得这样秘密，江南大侠又从哪里打听得如此详细呢？"

女子笑道："他这件事除了他那夫人，更没有第三个人晓得。你们当他夫人真是姓田么？原来她本是拆白党的首领，母家实在姓毕，她说姓田乃是用了'毕'①字的上半。梨痕路十七号乃是他们办事的总机关，党员男男女女共有二百多人，全是用红蝙蝠作为暗记。不过她这党里的规则，和普通的拆白党有些不同，虽也是以'财色'两字为目的，却是因人而施，专取那些不义之财。遇着困乏的人也肯周济，群众也都还感激她，因此党里规模越发大了。就是这回嫁了徐伟臣，是图谋他的家当来的，不料被江南大侠晓得了，先派人去假作入党，把

---

① "毕"的繁体字为"畢"，上半部分正好是一个"田"字。

内容打听得明明白白，然后才动手的。"

英士道："这江南大侠究竟有多大的本领？前天我跟在他后面，满望探着他的住址，岂知眼睛一闪，他已经不见了，反把我送进地窖里去。若不是遇着王独，不知几时才得出来咧！"

女子道："说起他的本领，真是话长，我一时也说不尽。若不是看着你们诸位都是办公的人，再多几个人也送了命了。"

（以下请济群续）

（十八）

济群

他们正讲到这里，突见门外走进一人，衣冠楚楚，像个绅士模样。

王独一见那人，颇有几分面善，正欲开言，忽见那女子打了个"呵呵"，道："你来了，巧得很，他们正在这里等着你呢！"说罢，便起身让那人坐下，一面又对王独等说道："这位就是名闻海内的江南大侠呀！你们大约还没有招呼过，现在不妨见见哪！"

英士听说这人就是江南大侠，先抢上前去和他握了握手，接着王独、又生也都握过了。

江南大侠这才含笑对英士等说道："我此次为义愤

所激，杀死徐伟臣。这层意思，早已告诉过你们了。那红蝙蝠党却趁此肆其劫掠手段，这是我预料不到的。我自从那天，到梨痕路去下了个警告以后，他们已着了慌，把机关部早迁往闸北去。现在事不宜迟，赶紧去把巢穴剿了，早些结案吧！"

王独连连称"善"，接着又道："我们遵命而来，寻找南苔狂生，不知这南苔狂生，究竟哪里去了？可否也请出来见见呢？"

江南大侠道："你们要见南苔狂生吗？这人上不在天、下不在地，张眼一看，就在目前！"说着，一阵"呵呵"大笑。

王独等听了这话，才晓得那女子就是南苔狂生乔装，连称"失敬失敬"。

江南大侠催着南苔狂生换了男装，一齐往闸北去。

也不知走了多远，看看已近乡村。

英士引首四瞻，庐舍影稀，因回头对江南大侠道："此地甚是荒僻，我们贸然前去，贼人党徒众多，不要反遭了他们的毒手！我的意思，还是先去报告了警署，带了警察来再下手吧！"

（以下请瞻庐续）

（十九）

瞻庐

江南大侠仰天大笑，只是不答。

英士莫名其妙，忙问："因何好笑？"

江南大侠道："我笑你胆小如鼹，怎能干得大事？这几个贼党，怎在我的眼里？只要略施手段，管教一网打尽，半个都不能脱逃。别说不消报告警署，便是你们也都不必同去。你们只在这棵大杨树下候着，我和你们立个期限。现在呢，斜阳半树，飞鸦还没有归巢。大约飞鸦归巢的当儿，这一群红蝙蝠，定可以入我网罗。那么我把一干人犯交给你们，我的责任也尽了。你们只看树上的斜阳，移到最高的枝梢，大家便可以高唱着凯歌了。

现在的斜阳，离着枝梢，不是还有四五尺光景么？"

他说到这里，众人不知不觉，都昂着头去瞧树上的斜阳。

说时迟，那时快。盼得一盼眼，早不见了江南大侠。众人把舌头伸了伸，好不惊异，果然驻足在大杨树下，不敢移动。

英士因为方才匆促之间，不曾询得大侠的真名确姓，忙问南苕狂生："这大侠毕竟姓甚名谁？"

南苕狂生道："《游侠传》中的上等人物，大都不肯把真姓名告人，即如我虽算不得上等大侠客，然而我的姓名，识者已稀，何况江南大侠呢？他的真姓确名，除我以外，更没第二人知晓。只为他素性冲澹，**庵**居蔬食，不与世相闻，大有从前方山子气象。他的姓名，我当然代守秘密。"

（以下请澹庵结束）

116

（二十）

澹庵

四个人正在谈论，忽见江南大侠远远地飞奔而来，一瞥时到了跟前。

他便含着笑对许英士道："你们请回去吧，这一班红蝙蝠党，我已经替你们如数捕获了。"

许英士迟疑道："党人现在哪里呢？"

江南大侠道："我已经就近交给站岗的警察，托他们解往警察厅去了，大概你们回厅里的时候，这一班党人早已解到，只要审问口供，便可以结案了。"

许英士嗫嚅道："红蝙蝠党所做的案子，不过奸盗谋财而已，没有什么大不了。倒是那三阳公司这件暗杀案，糊里糊涂，怎生能了结呢？"

江南大侠点头笑道："听你的话，莫非是要我出头到堂，抵罪偿命吗？我并不是怕死，不敢出头，实在因为徐伟臣这个人死有余辜。我杀了他，是为全中国除害，就是在法律上讲起来，也决不能叫我偿命抵罪。现在既然你这等说，我有一样东西给你，你拿回去请徐仲容做个证人，就可明白了。倘然徐仲容袒护他哥哥，不肯明言，我早晚教他同徐伟臣一样。"说着，便在大衣袋内取出一卷纸张来，递给许英士。

许英士伸手接了，江南大侠又问道："你们现在对于这件案子，还有什么不明白的地方吗？"

许英士想了一想，一时倒也想不出什么来问。

江南大侠便指着南苕狂生，笑道："你们看他，到底是男是女？"

大家一听这话，都不觉一呆。

江南大侠便又笑道："我索性同你们说穿了吧。她实在是一个女子。你们刚才所见的，倒是她的本相；现在却反而是化装了。这'南荅狂生'四个字，本来也是我的化名，有时候我分身不开，便叫我老婆扮了个男子，出来承认这个名字。现在你们明白了吗？话也说完了，我们走了，再会吧！"

他说完这几句话，便和南荅狂生手挽着手，堂而皇之地走了。

许英士等回到警察厅，蝙蝠党果然都已解到，一一供认奸盗谋财不讳。

许英士又把江南大侠给他的纸张，打开一看，原来都是徐伟臣卖国的证据。

徐仲容也不敢隐瞒，说明的确是乃兄之物。

徐伟臣死有余辜，暗杀案就不再追究。

案结之后，王独、许英士等，还要想访寻那江南大侠，和他交个朋友，谁知再也访他不着了。

（原刊于《金钢钻月刊》创刊号，1933 年 9 月）

胭脂印

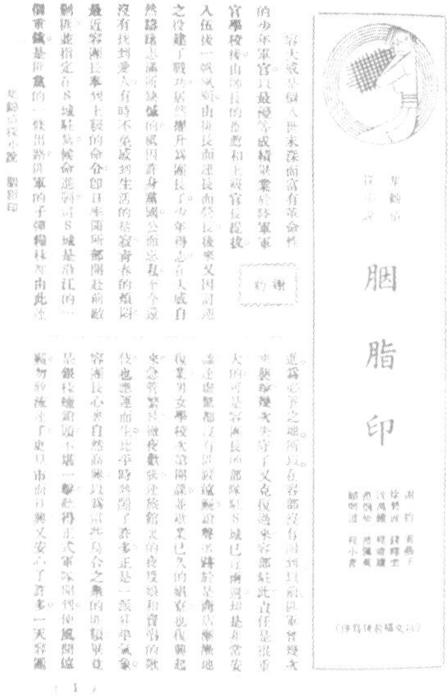
胭脂印

謝豹

（一）

谢豹

容大威是个入世未深而富有革命性的少年军官，以最优等成绩毕业于陆军军官学校后，由师长的推荐和上级官长提拔，入伍后一帆风顺，由排长而连长而营长，后来又因讨逆之役建了战功，居然擢升为团长了。

少年得志，在大威自然踌躇志满，所缺憾的，只因许身党国，公而忘私，至今还没有找到爱人，有时不免感到生活的枯寂、青春的烦闷。

最近容团长奉到上级的命令，即日率领所部开赴前敌剿匪，并指定在 S 城驻扎，候命进剿。

这 S 城是沿江的一个重镇，是匪党的一条出路，匪军的子弹粮秣，都由此运进，为必争之地。所以，在容部没有开到以前，匪军曾几次来袭击，几次失守了又克复过来。

容部驻此，责任是很重大的。可是，容团长的部队驻 S 城已近两周，却是非常安谧，连虚惊都没有。匪踪远飚，枪声匿迹。于是商店渐渐地复业，男女学校次第开课，并歇业已久的娼寮，也复兴起来，急管繁弦，彻夜欢腾。连旅馆里的夜度娘和卖唱的歌伎，也应运而生，比平时热闹了许多，正是一派升平气象。

容团长心里自然高兴，以为这些乌合之众的匪类，毕竟是银样镴枪头，不堪一击，听得正式军队开到，便风闻远飚，勿敢流连了。更见市面日兴，又安心了许多。

一天，容团长正在办公室里，勤务兵送进一份电报来，随手翻译出来看时，不觉大吃一惊，顿时面如土色，目定口呆，许久说不出话来。

原来这电报正是敌方打来的，文曰：

容团长勋鉴：

　　辱承不弃，慨然加入本党，无任欢迎。麾下士兵及下级长官，亦既多数挂名本党党籍，接受本党党证，不信，请一一检明胸前所钤之印记即得。此印深入腠理，永不磨灭。此后贵团行动，绝对听受本党节制，不得违反党纪，否则予以最严厉之处分。特电！

　　　　　　　泛赤党中央执行委员会支

　　容团长手持着电报，不由得颤动起来，目光直视着电文，像着了魔一般，一回儿，陡地想起了电文中所云，急忙把自己的军装解开，俯首向胸前看时，不禁叫了一声"啊呀"，果然发见了清清楚楚的两颗印痕，其色鲜明如**燕**支，有杏<u>子</u>般大小，一圆一方。

　　再细瞧印文时，方的是篆文"泛赤党中央干部章"八字；圆的一颗是"泛赤党党员之证"七字的小篆。

　　　　　　　　　（下文请奚燕子先生续）

（二）

燕子

那时容团长解开军衣，在胸前发见了两颗朱印之后，非常诧异，呆了一会，思潮陡起，在脑海中激荡不已，几乎跌倒。勉强支撑了身子，定了定神，细想那朱印的来历，忽听得电话机铃声锵然，急忙取下电筒听之，却是一个女性的口吻，陡地起了一阵狐疑。耳边但闻得呖呖的莺声："喂，你是谁？你是大威先生么？我们的事，你绝对不能否认的！"

容团长听到末一语，恍惚乱箭刺入心坎中，神志顿时模糊起来，以下的话，却听不清楚，忙把电机摇断，坐在那转椅上，闭了眼睛，思索了半晌，愈想愈纷歧，顿觉一把乱丝，毫无头绪。

一回儿又想起了前夕的事，深悔孟浪，忙又取过了电文，呆呆地看了一会，觉得电文与电话，来得异常兀突，或有线索之可寻。

呆坐着约有半小时，壁上挂的时计"当当"地敲了十下，城外吹来隐隐的刁斗声，与江轮上的汽管声续续而来，便唤勤务兵打开被褥，和衣拥衾卧着，转辗不克成寐。

挨了一会，闭着眼睛蒙眬地刚欲睡着，窗外潇潇瑟瑟，忽然下起雨来。一阵冷风，吹得帘子乱晃，窗隙中透入一般秋凉。那阶上的落叶飕飕地响着，与四壁鸣蛩唱和起来，搅得那容团长睡又不是，坐又不是。

挨到了天明，燃着洋火吸了一支卷烟，外面又传进来许多电文，披阅了一遍，都是各地的捷报，心却安了许多。

勤务兵掇进早膳，胡乱吃了一碗，要想出去访那几个本地的绅士，为排愁消闷之计。

外面忽又进一个请柬，却是 S 城的县长黄进年，约到慎安街"鸥波小筑"九娘那边去吃午膳。

这鸥波小筑是 S 城中著名一个土娼，人家都推重她是个诗妓，其实是 S 女校的女学生，堕落于风尘中，能看几部《性史》《女性美》等淫小说，便自命为吟风啸月的通品了。

平常与容团长结识的土娼碧纹，为城中最负盛名的土娼，不知颠倒了几许青年，戕害了几许壮士。有的说她是泛赤党的女侦探。

这句话虽吹入容团长耳中，然当此热血灌在心苗上、正在甜蜜怒放的时候，在血气未定、趾高气扬的容团长，哪里觉得着自己的责任重大、地位危险哩？旁人话只当耳边风，毫不放在心上。

这日正在愁闷枯寂之际，忽然见了黄县长的请柬，约他午膳去，兴致又奋发起来，便把公事交代了秘书长，带了两个护兵，慢慢地向慎安街走来，寻着鸥波小筑的芳帜。

护兵两旁一站，容团长便踱进院子来，侍婢辈打起软帘，早见黄县长搀着一位云鬟堕**碧**、**波**剪瞳神、花枝招展的九娘，笑吟吟迎了出来。

（下文请徐碧波先生续）

（三）

碧波

　　九娘劈面瞧见了容团长，便不由得喝了一声："咦？"

　　大威也忽地呆住了，脑筋里兀是翻着他一笔陈账。

　　黄县长瞧着他这副神情，还疑惑大威蓦地见了这位可喜娘，魂灵儿飞上半天去呢，忙吩咐摆席，猜拳征花地鸟乱了一阵，便各自去吃。

　　原来这鸥波小筑里有三位姑娘，那九娘，却并不是当地土娼，她本名陆燕云，在两年前还是 H 市的大学皇后呢！她秉着麻醉人们的手腕，若即若离地不知颠倒了几许青年。

　　一天，某大饭店开一个什么时装展览会，她领导着一辈摩登女子，花颜笑倩，载舞载踊的，风魔得群少年，个个像热锅上的蚂蚁一般。

这时大威的大名，还唤作正鹄，恰巧返里省亲，所以也躬逢其盛。她居然特垂青睐，和他腻舞了一阵子。他原是一个涉世未深的青年，竟被美色陶醉，脂粉迷惑，甘作她旗衫下的忠奴了。从此餐馆、剧场，天天有他俩的踪迹，同时却妒坏了不少自命漂亮的登徒子。

这么胡天胡帝地浪漫了一个多月，忽地他接到汛地——F 埠——的急电，道：

十万火急营长勋鉴：

刻据牒报，逆军已越 P 乡，业正包围 K 镇，此间空气万分紧张，亟盼驾回，主持防务。

全体士兵同叩宥

他得了这电，忙去和她计议，她扭住了他，兀是抽抽噎噎地哭。但是矢志党国，竟能不为儿女柔情所羁陷，

131

毅然和她作别上道，她便在怀中掏出一颗殷红如血的红豆赠给他，说是作为纪念品的。他陡地想到"红豆生南国……此物最相思"的诗句，不由得英雄气短了些。

他到了汛地，那逆军已蜂拥而至。他调兵遣将，亲自督师，不到两个月，却将这班乌合之众的逆军荡平了。上峰论功行赏，便在这时将他擢升了团长。他因为正鹄的名儿，念来不很顺口，便也在庆功宴上，发表改了一个新"字"——大威！

可是燕云的消息，终于沉沉，直足使大威灰心的。而他呢，却每在风雨之夜，常常将那一枝红豆，细细把玩，聊解烦闷。

不过大凡一个青年，在性欲兴奋的时期，真有爆发的可能，所以容团长竟无顾忌地就另关了一所野花的灵肉之门。但是他伊人之思，却仍无时或释，"云姑云姑"的，常常在睡梦里叫唤出来。

（下文请钱释云先生续）

（四）

释云

大威虽然时时刻刻很念着燕云，但他正当盛年青春时期，性的烦闷时时使他感到寂寞得不能忍受，白天因为军事旁午，毫无闲暇，对于"女人"两字，当然置之度外。最难堪的，就是风凄月暗之夜，寒衾独拥，坐对孤灯，一片思潮，都涌上脑海，竟使他欲睡不能。同时，四面的环境，沉沉如死，宵深念重。这种况味，确乎不容易挨过，因着性的问题，不能解决便觉得一切都没有兴味起来。好在灵肉之门到处开，随时可以走进来，性的问题，终于被大威解决了。

原来他扫除逆军后，又高升了团长之职，手下奉承的走狗，自然愈来得多了。大家知道容团长年纪还轻，现在相当的爱人，尚没有觅到，返里时虽然与陆燕云发生过关系，可是自从到了汛地以后，那地消息，便完全隔膜，容团长虽然相思彻骨，亦是徒然。此时他手下一般人等，深明容团长有说不出的苦处，便大家私下里集议起来，谋一个最妥善的解决容团长烦闷之法。

但汛地——F埠——并不是繁华之区，倡寮亦少，即使有几家，大都是些不堪领教的人物，无盐嫫母，进呈上峰，不但不能讨好，反足有误大事。这样讨论了好久，还是没有相当的结果。

后来忽然有一位绝顶聪明的朋友起来道："我们都是到此年月未深，地方情形，向不十分熟悉，即使有艳如西施的美人在这个地方，我们会知道吗？为今之计，最好请当地大绅士卜耀廉来，共同商议一下。他和我们团长近来非常亲密，只要对他一说，包管有很好的成绩出来。"

众人听了，大家拍手赞成，一致拥护他的主张，同时更推他为全权代表，去和卜耀廉接洽这件重大任务。

卜耀廉是 F 埠最接近官场的一个大绅董，他送旧迎新的功夫，谁都不能及，他确是从几十年的经验上得来的。虽然他年纪老了，逢迎大人物的事情，还是十二分高兴去做。

我们要知道，地方上的绅董，都是这样的。同时对于无抵抗的平民，是随时用狠辣手段去对付他们；向对于军政界人物到来，则趋奉惟恐独后。虽年事将衰，棺材板已在那里响的朋友，还是拼着老命，周旋于官场之间，其奉公之勤，简直超过三过家门而不入之大**禹**。**钟**鸣漏尽，转瞬即将就木，他们是一切都不管的。

（下文请沈禹钟先生续）

（五）

禹钟

　　大家既公认这位大绅士卜耀廉，足以解决容大威团长青春的烦闷，又晓得卜耀廉近来和团长颇多接近的机会，往往有许多难题，卜耀廉摆出大绅士的威权，居然都能得到相当圆满的效果。

　　在卜耀廉一方，有意逢迎，极尽谄媚，接近官场，自有许多假公济私的利益；在容团长一方，驻军于此，不悉民情，也落得利用他作为响导。

　　这天晚上，卜耀廉在他落成未久的新宅里，大开园宴，专邀容团长赴席。所请的陪席，都是当地知名之士。

　　这晚容团长轻车减从，悄悄赴会。原来卜耀廉还有一个爱女，小字凤儿，年才双十，出落得娥媚娉婷，足以当得一个"美"字。容团长早已倾慕伊的艳名，上一次他到卜家，无意中惊鸿一瞥，他的脑海中也曾深深地嵌着这么一个印象。

这天卜耀廉面邀容团长及早光临，并说："小女凤儿，在学校里学着舞蹈，平时不肯轻易表演。今晚欢迎台座，将于席次，令小女载歌载舞，一佐清兴。"

容团长因为席间有这样特色的点缀，格外觉得兴奋，这天下午，匆匆忙忙批阅几份公牍，并拍复几处电文，便兴高采烈地专赴卜宅，不料行经途次，满街的人纷纷嚷着："就在这一小时以内，卜耀廉和他的爱女凤儿，双双被人暗杀，都已先后毕命。"

容团长听了，不觉大吃一惊，赶忙奔到卜宅。他家满门，正在放声举哀，惊动了一屋子的人们，闹得沸反盈天。

容团长进门后，才晓得卜耀廉一小时前，正在筹备盛宴，忙碌非常，正走到左厢的廊下，"哎呀"一声，便倒在地下。家人忙来搀扶，不料已经气绝。检视伤口，胸口果然有一个像绿豆般的创痕，可是一点没有血踪。最奇怪的，当时他走经廊下，左右并没有一个人和他接近，那凶手难道从天而降？

至于说到凤儿，伊死得更觉奇怪，而又突兀了。伊这天因为欢迎容团长的盛宴，伊将清歌一阕，舞蹈几回，特地制了一袭美丽的舞衫，正在试妆初罢，对着菱花，忽然觉得头晕眼花，当下就倚着沙发，蒙眬小睡。等到侍婢进来，呼之不应，细细一看，不觉魂飞天外，失声大呼。

原来伊的左腕，不知被谁砍断。伊的颈项间，套着一根绳索。这根绳索，一半是红，一半是青。伊的脸上，却又盖上一块鲜明的红绸。红绸的上面，用蓝墨水画着×⊙△三个神秘的符号。伊遍体如冰，一缕芳魂，早已不知飞越到哪里去了。伊的致死之由，迷离惝恍，比较伊的老父死得格外不可思议。

当下容团长不禁咋舌称怪。

不多一会，法院里检察官莅场检验，当验得卜耀廉的下部，臀右发觉和盖在伊女儿脸上红绸上面三个×⊙△相同的符号。而凤儿的乳峰左侧，却又明明白白地，显露出来两颗印痕，其色红如胭脂，有杏子般的大小，一圆一方，都是篆文。圆的篆着"泛赤党党员之证"，方的篆着"泛赤党中央干部章"。

当时容团长随着一旁检验，得了这样惊心触目的发现，不觉失声呼了一声："哎呀呀……"

检察官亦连连称奇，毕目回**瞻**，**庐**中陈设幽雅，四壁间悬着不少裸画。

卜耀廉生前，称他的住宅白"玄庐"，足以称得玄妙。

（下文请程瞻庐先生续）

（六）

瞻庐

玄庐中出了离奇的命案，真叫作玄之又玄。

检验完毕，也不过照例开了伤单。凶手是谁？这是一个最困难的问题。侦探队中人物立时分头侦缉，异常活动，不过活动也要有些线索。

卜耀廉父女的死，已经死得莫名其妙，何况里面又是泛赤党的关系。

究竟泛赤党的巢穴在哪里？这×⊙△的符号，大概表示反泛赤党的。反泛赤党的巢穴，又在哪里？这都是个先决问题。

以上的问题解决了，那么本案才能够水落石出；以上的问题不解决，那么无论怎样活动，总是磨刀背的工作。

但是侦探队里研究的问题，怎能够轻易解决呢？天天出去缉案，其实都是盲动，得不到一些效力。忽忽两个月，效力何在？只不过拍几个电报，趁几趟火车，干些捕风捉影的勾当罢了。

那时恼坏了容团长，急煞了容团长。他仗着卜耀廉做灵魂，对于地方上有什么征求，只须传请卜大绅士会晤，要什么便是什么。卜耀廉死了，他的灵魂也死了。但是民间相传的野话，人有三魂六魄，死了一个灵魂，还有两个灵魂。可怜！可怜！卜凤儿又死了，两个灵魂中又死了一个。

容团长在这时候，莫怪他要着恼，莫怪他要发急！

"人皆有三魂，我只有一魂，还好算是军人么？还好向前敌去剿匪么？还好坐镇这座沿江重地的 S 城么？"

他要恢复他的灵魂，除把这困难问题解决了。徒有虚名而无实际的侦探队，破不了这么重要的奇案。但是重赏之下，必有勇夫。他什么都不管了，拼着把私人的财产，牺牲得干干净净。今天悬着三千元的赏格，明天又加了，后天又加了，一直加到酬金三万元。但是三万元的重金，依旧打不破这扇困难之门。

忽忽又是两个月，除却努力地磨刀背，努力地捕风捉影，丝毫没有办法。

他恨极了。他在报端所登悬赏广告以下，加着一行字样，道：

在这一个月内再无破案办法，足见吾国侦探学非常幼稚，吾替中国侦探界羞。

容大戚 附白

俗语道："召将不如激将。"这一行字样，比着三万元的赏格还得有效。只为重赏之下的勇夫，还是个寻常的勇夫，还是个肯做金钱奴隶的勇夫。唯有不贪三万元的赏金，而却不肯担负"侦探学非常幼稚"的七字恶名，这才是个真勇夫。

且说 S 城的东乡，有一个小小的乡镇。

其时一轮颓日，渐渐匿入云屏深处，天半朱霞由红而紫而褐，渐渐变为灰色。

素月未上，四面已浮动着炊**烟**，**桥**上隐隐约约有一个女郎在那里徘徊。

（下文请范烟桥先生续）

（七）

烟桥

那桥西大柳树下，停泊着一只船，船上有暗淡的灯光，照见一个少年，在那里写字，写了一张又是一张，手不停挥，并不思索。

女郎走下桥去，到了大柳树下，向船上目不转睛地看着，见少年写了五六张纸，才封固了，换了一支新笔，蘸些清水在信封上画了几画。看他的手势，不像是字，却像画花。

女郎随机一动，仿佛若有所悟，等那少年走上岸来，暗暗随在后面，曲曲折折走了不少的路。到了冷静的地方，见少年在一家后门外垃圾桶边，蹲下了身子，从身边摸出一封信来，塞在桶底下去，匆匆地走了。

女郎等他走远了，从桶下抽出信来，映着路灯，看那信封上空着，一个字也没有。拆开来看，却是一篇报告书，上面说出卜耀廉和凤儿已经杀死，现在正要进行第二步的手续，去暗杀容团长了。可惜中间有许多要紧的话，都是颠倒错落的字句，一时竟不易了解，只得塞在身边，走还 S 城去。

到了家里，在灯下仔细推敲了好久，依旧没甚眉目，后来把信封映着灯照着，忽地渐渐有焦黄的痕迹显出来。

伊索性把信封逼近灯去，不多时早显出×⊙△三个符号来。这喜非同小可，再把信笺逼去，却逼不出什么痕迹来了，只觉得文字有十几个四字、十几个五字，甚是突兀。

伊想了一想，暗暗微笑，点点头走出门去，一径向慎安街去。

到了鸥波小筑的门口，见容团长的两个卫兵，正在那里吸香烟，和娘姨们搭讪，女郎走上前去，对一个卫兵道："容团长可是在里面？"

那卫兵向女郎瞧了一个周遍，答道："你来何事？"

女郎道："相烦去请容团长出来，我有要事告诉他。"

卫兵不耐道："他在打牌，谁有工夫抽身？你是什么人？说话不知轻重，怎好请他出来见你？倘然当真有事，我引你去见他就是啦！"

女郎道："里面人多，这事甚是秘密，非单独和他说话不可。"

卫兵还是不肯，倒是娘姨热心替伊转圜，走进去禀知容团长。

容团长起初也不愿意出来，因着娘姨说外面来的是女客，容团长便不能不暂把牌儿阁下，走出门来。

女郎见了他，请他把卫兵使开。

容团长又不高兴了，便道："你有话尽说，何用如此鬼鬼祟祟？"

女郎道："这事于团长的性命很有关系，非郑重不可！"

　　容团长只得吩咐卫兵走远些，女郎道："有人要来暗杀团长，请团长快些离开这里。这里不是有一个花姑娘排行第九的？请团长设法软禁伊起来，我停回到团长那里来，盘问伊。这事千万要火速办理！我还有事要干，再会吧！"说着，转身便走。

　　容团长听了，弄得莫明其妙，要想问女郎是谁，怎奈女郎已走远了，只得走进屋去，推说接到上司有紧要公事，得非还去一看，便向众人告辞，带了卫兵回去。再派卫兵到鸥波小筑，去唤陆燕云来。

　　不多时，燕云来了。

　　容团长从身边摸出一个玉<u>佩</u>，<u>荑</u>叶模样，雕琢得甚是工致。

（下回请范佩荑先生续）

（八）

佩黄

（容团长）送给燕云，道："这东西可好？"

燕云接了，看了一眼，笑道："团长不挂盒子炮，却玩这个？"

容团长道："这玉佩是压邪的。"

燕云道："送给我吧。"

容团长道："送给你是可以的，不过你要依我一件事，今天留在这里住一夜。"

燕云道："嘎！原来你用的调虎离山计，假做有紧要公事，却驱我到这里来。我家里放着许多客人，还没有散。他们都在那里等你去打牌，你怎好撇着不去呢？"

容团长道："有什么要紧？他们都是熟人，只消我派人去说有事不能来了，请他们随便吃饭，那就完了。"

燕云听了，正中下怀，便由容团长派卫兵到鸥波小筑去关照。

这里另外去办些菜肴，两人对酌。

到了十一点钟光景，领燕云走进一间书室，见有一个女郎端坐在一张独坐椅里，见燕云进来，笑涔涔立起来，道："你可是燕云九娘么？"

燕云一愣，慢吞吞答道："是的。"

女郎从身边摸出一封信，给燕云瞧，道："这三个符号，你认得么？"

燕云禁不住喊道："啊呀！"

那时容团长也吓呆了。

女郎道："不要大惊小怪！这是一件平淡无奇的事情啊！"说着，抽出信笺来，给燕云瞧，道，"这几张纸儿，可是要寄给你的？"

燕云定一定神，道："你这人好生奇怪，如何硬把这没头没脑的字纸儿，推在我身上来？"

女郎冷笑道："你也不必假惺惺了。我研究明白，这纸上四字、五字，便是你九娘的暗号。你快把真相说出来，省得容团长用刑了。"

燕云怒道："我又没有犯什么法，用什么刑？"

女郎对容团长道："团长自去安寝，我有方法把伊问出一个究竟来的。"

容团长便唤几个卫兵来，在书房外把守。

女郎把门闭上，对燕云道："你倘然把如何暗杀卜耀廉父女的事说出来，我便替你向容团长讨情，救你一命。要是你不说实话，不过白送一命而已。"

燕云想了一想，不禁泪泚溶然，说道："罢了罢了，大约也是吾党的末日到了。只是有一言声**明**，**道**路传言，说我是泛赤党的女侦探，却非真相。"

（下文请顾明道先生续）

（九）

明道

女郎问道:"你既然不是泛赤党的女侦探,却为什么情愿受他们的驱使,要向容团长暗下毒手呢?"

九娘叹口气,说道:"想起昔日我自恃着容颜美好、手段玲珑,把一般少年颠之倒之,玩弄于手掌之上,容团长便是其中的一分子。却不料今日之下,我好如堕入恶魔手里,虽欲摆脱而不能了。待我将下略情形告诉你知道吧。只是要恳求你在容团长面前说情,饶我一条性命的。"

女郎点头道:"你若果能直说,使我们将泛赤党破灭,我自然鉴谅你的苦衷,包你没有死罪。快说快说!"

九娘道："以前我在 H 市做大学皇后的时候，时常在某大饭店和众少年跳舞为乐，容团长当初也是我的朋友，那时胡天胡帝地过我的浪漫生活。其中有一个少年姓秦，名唤万能，我们戏呼他为'万能博士'的，风度翩翩，很具交际的手腕。在我心目中最爱他，曾和他发生过恋爱关系，只是不知他的底细。看他手面十分阔绰，似乎是个富家子弟。我要想把终身托付他，他也很爱我的。他和容团长也曾识过一面，但是后来他突然失迹，不知到哪里去。以后我堕落在枇杷门巷，做了这种非人的生涯。回首当年，不胜怅惘。

　　"一天，忽然有一个少年，特地到我妆阁里来，相见之下，才认得是数年前的万能。他说：'数年不见，万分相思，现在到 S 城来，探听得你堕落在此，回忆故剑之情，不忍相忘，故来一见芳颜。且喜旧时玉貌，依然焕发，不胜欣慰。'我也问他别后状况，他却很含糊地不说，直谈到夜深始去。从此他时时到我处来，十分温存，我也和他旧情复热，我们俩时常挽臂出游。

"有一次，他同我在城北僻静处，突然告诉我，他已入了泛赤党，专一戕杀官吏，和社会捣乱，并且要求我也入党。这样他方能娶我为妻，不致泄露秘密。我一时昏迷，答应了他，但是他仍不和我结婚。

"这次他教我谋刺容团长，得手之后，为泛赤党立一大功，他便有一笔酬劳金，可以代我赎身，实行同居之爱了。因他也知容团长和我有旧情，一定入彀的。我不得已而受他的驱使，不想被他识破秘密。真是末日到了！"

女郎又问道："姓秦的少年现在住在哪里？"

九娘道："我委实不知道，他是十分秘密的，不过听说党羽甚多。"

女郎再要严询时，忽然洋门开了，门外霍地跳进一个少年来，面貌俊秀，身材不大不<u>小</u>，<u>青</u>布的袍子，手里擎着一支手枪，照准女郎，似乎要开放的样子。

（下文请程小青先生结束）

153

（十）

小青

这少年的入室，真可算得突如其来。他的杀气腾腾的神态，手中又执着闪亮的手枪，怎不教室中的两个女子愣住了。

还是那不知姓名的女郎有些定力，依旧静悄悄地坐着，目光却瞧在少年的脸上。

那九娘却摇着两手，抢先惊呼道："万能，你不要乱动！你怎么也会到这里来？"

话还没完，那穿青布袍子侍役打扮的少年，忽发一种低促而严厉的命令声，道："住口！贱妇，谁教你呼名唤姓？"

他又瞧着那静坐的女子，道："好大胆的村姑，你竟敢破坏我们的工作！你难道想领那三万圆的赏金不成？"

他说着，目光兀自在室中乱瞧，讶异道："那容混蛋呢？吾道他同在这里。村姑快说！他在哪里？你不说，我要开……"

那"枪"字还没有出口，忽听得那女郎从容不迫地接嘴道："你要找容团长么？何须找得，他不是就在你背后么？"

那少年一愣，忙不迭旋转身去，猛见那书室的洋门，果已轻轻开了。

容团长已跨进了门口，右手中一支黑钢的手枪，枪口正拟注着他。

容团长走前一步，缓缓说道："好小子，你真是胆包身的，这是什么地方，你竟敢冒充鸥波小筑的侍役，混进来行刺？现在你真是罪恶贯盈，自投罗网了！"

这个乔装秦万能博士，镇静功夫倒也不错，他把执枪的手垂了下去，带着笑容，很安闲地说道："既然如此，你又何必再凶狠狠呢？我自认已失败了，我们大家坐下来谈吧！"

容团长听了这几句话，态度上果真和缓了些。

正在这时，这穿青布袍子的秦万能，出不意飞起一脚，踢在容大威的右手背上。

"铿"的一声，大威的手枪早已落在地上。同时，秦万能的手枪，却又重新举了起来。

可是万能的手指还来不及拨动枪机，"搁"的一声，他的后颅上已着了一方厚重的端砚，他的身子便站立不住。

又听得一声枪响，他的青布袍子的背上，已着了一洞。接着，他惨呼一声，便倒在地上。

等到第二声枪响，那九娘也已倒在万能的身上。

秦万能在透出最后一口气以前，便把他的经过完全供了出来：

他因着浪漫的结果，终于陷进了堕落的境界。后来借贷穷绝，无法生活，就索性投进了泛赤党去，干那杀人越货的荒唐勾当。他被派作了S城的执行委员，行迹诡秘，常伏匿在乡郊小船之中。

他平日生就一副勾引妇女的骨头，便专从妇女身上施用手段。凡当地的土娼和那些掮着交际花牌子的浪漫女子，有不少都已受了他的利用，供他驱使。譬如那土娼碧纹，就是奉命把胭脂印盖在容大威身上的。还有卜耀廉的女儿凤儿，也被他勾搭生了关系，又被他悄悄在胸口盖了两方印，强迫着加进了赤党。

他觉得那容大威少年勇敢，又富革命精神，确是他们的一个劲敌。他起先本想利用"逼上梁山"的狡计，强他入党。谁知大威竟不肯屈服，因此他便定意亲下毒手，以便除了此人，才可在S城胡行乱为。

当卜耀廉请客的那天，他冒充了一个陪客的随仆，进了卜宅。他先躲在花园中等待，忽从一个窗口中，望见凤儿正在室中化装。凤儿一抬头瞧见了万能，认出了他乔装的真相，突地惊呼了一声。这事万能本守着绝端的秘密，冷不防有此变端，他深恐泄露机密，自己反不能脱身，便跳进窗去，忍心将凤儿杀死。那时凤儿惊皇之余，伏在桌上，似已晕了过去。他先用一条青红交组的绳子，突地套在伊的颈下，用力一勒。凤儿虽呼叫不出，却还用左手抵抗。他索性拔出利刀，砍了一下，接着他便把带来的一方画着符号的红绸，盖在伊的脸上，依旧从窗口逃出。

那时凤儿的父亲耀廉，恰巧从走廊的小门中开门出来，到花园中小遗。万能一见，明知这一天行刺容大威的计划，已没有实施的希望，便打算索性把这以结交官场为职业的奸绅杀掉，然后再悄悄地逃出。他杀人时总要留一组×⊙△记号，目的在乎恐吓人们。因此他先取出一段炭墨，在自己右手心上画了这一组符号，轻轻走到卜耀廉的背后，乘他在小遗的当儿，袒着裤子，就把手掌在耀廉的右腿一按。耀廉还认作有人玩笑，急忙把裤子收起。不料他刚才束好了裤子，忽见一个人跳到他的面前，举起左手在他胸口一捺，便像刺了一针。他连话都没有一句，连忙从小门里逃进走廊，急急将门关上。谁知那毒针来得厉害，没有两三秒钟，便即气绝而死。秦万能就也趁着人多声杂的当儿悄悄逃出。

自从这事以后，他等待了四个多月，总找不到亲自下手的机会。于是他改变方针，一再敦促，强迫着九娘代行这行刺的职务。故而九娘身上，便也常带着一支小小的手枪。

这晚上九娘被大威招去，他闻信以后，便以为时机已到，他的阴谋可以成功。后来他又想到九娘与大威也有旧情，深恐伊临时不忍，坏他大事，所以又亲自赶去，恢复他原来的计划。

他好容易混到里面，先在书室门外站了一站，约略听得了几句谈话，便打算破门进去行刺。不料一变再变，他自己反死在九娘的手中。

原来那时候那女郎的端砚，既已飞了过去，九娘的天良一动，还恐他忍痛发枪，伤了大威，伊便也取出那支常带的小枪，一弹直打中秦万能的腹部。接着九娘又在自己的太阳穴上发了一枪。

当这一出惨剧闭幕以前，那女郎与容团长检查二人的身畔，并无其他证物，结果无意中在九娘的皮鞋上的高跟中发现了二颗一方一圆的胭脂印。

荣团长才恍然悟到自己身上的胭脂印的由来，不禁十分叹惜，回头便再三向那女郎道谢，并叩问伊的姓名，又问怎样能刺探出匪党的秘密。

那女郎却摇着头道："我的姓名不必要宣布的。我是K镇中的一个乡民，平日心仪大侦探霍的行径，故而略有些侦探知识。前次K镇中幸亏你来解围，保全了不少性命。这一次我费了七天工夫，总算是乡民们给你的酬报。不过你是个有为革命青年，怎么立志不坚，自甘堕落，效法那醇酒妇人的颓废行为？别的莫说，你这样蹂躏妇女，亦足玷污革命的人格！所以你也不必谢我，只须以后能力改前非，向那光明的大道上进行，为民族国家努力一番，那就可算谢我的酬报。至于你的赏格，我更不愿受。那些遭了匪患而衣食无着的乡民，正是多着，你赶快去安抚吧！"

那女子说完了话，掉头便去，容团长再也拦阻不住。

从此以后，容大威果彻底地换了一副面目，因着他雷厉风行的搜剿劝诚，不但 S 城中没有了匪党的踪迹，连附近各埠，也都安谧如常。他自己又把经过的事情呈明上峰，自请处分。但上峰念他治匪有功，将功抵罪，并不深究，所以他胸前的两方胭脂印儿，竟成了公开的秘密。

不过他一想到九娘燕云的结局，又念伊临危相救的举动，回溯既往，真有些"前事如梦，云幻烟迷"，不胜怅惘叹息哩！

（原刊于《社会月报》第一卷第十一期，1935 年 8 月）

奇

电

▲奇電

本篇集錦小說擔任著爲指嚴・天台山農・大可・天虛我生・枕亞・律西・譏聲・浩然・東帝・獨鶴・十人

（一）　　　　　　　　　（律西）

溯西夏某年方少壯家產殷富平日喜讀泰西偵探小說心儀福爾摩斯之爲人於世情物理頗有閱歷喜任俠慕慷慨不辭以故親友家遇有疑難小務生必往就商夏既擔任無不盡心竭力務令水落石出而後已一時義俠之名聲聞遠近。

一日傍晚忽接一電報視其外封知自四川拍發者急譯視之則寥寥數語云。「衡定漾日到申望代覓五上下住房一所覓妥後並熙代購碩碵鑪本篇集锦小说，担任者为：指严、天台山农、大可、天虚我生、枕亚、律西、谔声、浩然、东雷、独鹤十人。

（一）

律西

沪西夏某，年方少壮，家产殷富，平日喜读泰西侦探小说，心仪福尔摩斯之为人，于世情物理，颇有阅历，喜任事，劳怨不辞，以故亲友家遇有疑难事发生，必往就商。夏既担任，无不尽心竭力，务令水落石出而后已，一时义侠之名，声闻远近。

一日傍晚，忽接一电报，观其外封，知自四川拍发者，急译视之，则寥寥数语，云：

衡定漾日到申，望代觅五上五下住房一所。觅妥后并恳代购硝磺、锰水各二千磅，大石一百方，五色玻璃两箱，存储室内。此事关系衡一生事业，切勿有误。余面谈。

　　夏反复展诵，茫然不解，因蜀中故无熟人，即遍忆戚友中名号有"衡"字者，如某某等现俱在沪，无自蜀发电之理。此外则惟有一中表名钱幼衡者，现官于晋，顾已数年不通音问，且世业儒素，上开物品，非彼所需。

　　若云电为误投，则住址、名姓，丝毫无谬。若云出于友人游戏，则此电固明明来自川省者，欲复电诘问，则无住址可投。且屈计时日，发电者当已在途，更无从递送。来电言词迫切，又无恝置之理。夏固好奇，再四思维，决拟照办，以观其变。

　　夏手下办事人甚夥，咄嗟间已在公家路赁定如式房屋一所，其余各物，亦分头购齐，堆置屋内，并派一沈姓者往宿看守。

　　至期夏正拟派人至江轮候接，忽见一人，行尘忽促，踵门求见曰："主人谢君厚意，已入新宅，请先生速往一晤也。"

夏欲追问一切，其人不顾，反身径去。

夏亟驱车往，视赁屋，门犹加键，屡叩不开。破扉入视，阒其无人，以为必遭骗术，然购存各物，则又丝毫未动。再上楼觅沈姓，则僵卧血泊中，气息仅属。旁立一幼孩，年可三四龄，目灼灼视，问之不答。间答一二语，亦啾唧不可辨，再问之则哑然哭矣。

夏谛视之，眉目之间，酷肖其中表钱幼衡，不胜骇怪，方欲加以详细之研究，见对面壁上贴一红笺，云：

　　诸承费神，业已心感，欲知此事底蕴，可问开美银行股**东雷**汝恒，当知其详。

（以下东雷续）

（二）

东雷

夏大惊愕，急察沈创，见颈之右侧，刃伤颇深，虽气犹未绝，而伤处血溢不止，生命异常危急。

幸夏素谙救护术，即取身畔素巾，裂成绷带数条，如法绷扎。颈间大动脉，被带切紧，血流始止。惟此时万难移动其体。

夏思是案颇奇，本拟急召警吏，使为己助，继以是案于自身名誉，大有关系，不可鲁莽从事，筹思再四，决意自自侦查，俟有端倪，再告官署未晚也。

夏乃下楼，命与夫往延其至友林豪博士。

未几林至，细诊伤者，亦云血流已止，或不致遽绝。

夏乃以此事颠末告林，浼其暂任看护之责，己则携孩返家，嘱其妻善为抚养，并使其勿泄秘密。旋又驰车至开美银行，谒见经理人某，查询股东中，有无雷汝恒其人，今居何地。

其素耳夏名，欣然允诺，即令书记调查。据书记谓：股东新册，无雷汝恒名，惟旧册有之，因其名下各股，已尽移转于吕枫名下。雷之住址未详，吕则居住跞突路六号。夏乃称谢辞出。

夏自度雷之居所，既不可知，姑先探诸吕。路至跞突路吕枫家，投刺请见。主人肃之坐，询客来意。

夏借词有友人托查雷汝恒之地址，未审君能指导否。

吕闻夏言，略阖其睫，气度静穆，微哂答曰："君所询之雷汝恒，得毋与公家路空居暗杀案有关系否？"

夏闻之大惊，私忖此事彼乌得知，乃作色曰："君言殊不可解，请道其详！"

吕曰："君姑少坐以俟之。"

吕语未毕，忽有他客入室。吕见客即询曰："事何如耶？"

客答曰："果不谬。"言次以目视夏曰："先生得非夏姓乎？"

夏应之曰："然。"

客曰："警长有一要公，烦君相助，命余以汽车迓先生。先生请速驾！"

夏闻客言，心中忐忑不定，但己身已不觉随客出户，登车而去。

瞬息间已至警署，警长杜礼门与夏素识，夏遂卒然询杜曰："召余来此，有何见教？"

杜莞尔微笑，检取一纸，授夏曰："君姑读此。"

夏观其文曰：

　　公家路某号空屋中，今日出一暗杀案。此案与私家侦探夏某大有关系。夏某明日必至君处，祈速拘捕，勿使他遁。此案与北京钻石案恐有牵涉，请注意！

此颂

吕枫先生

即祉

雷汝恒

夏阅毕，暗自惊骇，舌桥不下，口呼咄咄，宛如书空殷**浩**，**然**其举止仍镇定如常，手持信稿，再四泽读，读毕，不觉大笑。

（以下浩然续）

（三）

浩然

杜礼门见状，不禁愕然，曰："此事太离奇，仆方惶惑，君何为狂笑？仆与君虽有交谊，顾事涉要案，亦难徇情。请暂留署中，以待证明，如何？"

夏急起立，曰："事固有大白之日，少留复何伤？特仆若不出，案终难破，反令凶人逍遥法外。愿许我自由，俾无偾事。"言次，即详述其经历。

警长笑曰："奸谋固不可测，君好奇，咎亦自取。即如是，姑听君归，惟每日须来署报告，彼此印证，案或速破。"

夏唯唯，遂辞出。

夏甫归家，仆人呈一函，曰："适有客来，留此即去。"夏睹函面书"雷缄"，急拆视其文曰：

> 劳君跋涉，至为不安。君如不弃，明日请沿淞河向西行，当有奇遇。
>
> 君自命福尔摩斯，仆亦愿为亚森·罗苹，不妨一较身手。
>
> 此颂
>
> 起居
>
> 雷汝恒

夏阅毕，益愤怒，顾为时已晚，姑置之，待明日。

是夕，夏彻夜未寐，穷思幻想，终莫解其故。天甫明即起，由电话询林豪，知沈姓伤势虽略转，尚不能言，乃匆匆出发。

既至河畔，沿岸西行，渐行渐远，境亦荒寂。忽见某货栈墙外，贴白纸一方，大书：

君欲见雷汝恒乎？请更西行！

夏不禁愕眙却退，是时有少年乘脚踏车从西来，适与夏值，几倾仆。夏方转身，少年已跃下。

夏亟道歉，少年笑曰："彼此幸未伤，可无介意。邂逅于此，亦属意外。敢请姓字？"言已，先取名刺授夏。

夏视之，知其人名林捷，因亦取名刺作答。

少年接视，略致景仰，颔首登车去。

少年即去，夏方举足，忽见地上遗一纸裹，取视则钻石约指二枚，知为少年所遗，顾车已去远，姑纳之裹中，更向西行。

忽觉身后有人抛绳勒其颈，幸身手矫健，亟格绳返视，见一无赖随其后。

夏趋前格斗，无赖不敌，返奔，夏逐之。

逡巡至电车场，无赖跃上车，及夏追至，车已行遥，见无赖探首窗外，曰："夏景福，汝又受绐矣！"

是时，夏答然莫知所为，懊丧而归。甫入室，其妻笑问曰："钱姓子得见其父母，案情想大明矣。"

夏惊问何言，其妻笑曰："君去后，有林姓少年来，云是钱氏戚属，且言君已见幼衡，嘱迓其子，持君名刺为信。少年呼儿为铃儿，儿见少年亦欢跃索抱，故不疑，岂君未知耶？"

夏顿足怒詈曰："恶魔乃狡狯如是！"因告其妻顷间所遇，并出纸裹示之。

夏妻持约指审视移时，唶曰："此赝鼎耳！"

夏闻言，忽有所触，亟嘱其妻将约**指严**密收藏，曰："案情愈幻，然其关键已在是矣。"

（以下指严续）

（四）

指严

夏妻遵嘱，将伪钻石约指收藏讫，转询夏曰："钱姓子既为彼党所骗取，我方遂愈无研究之把柄，案情极幻，头绪亦至繁，而子谓关键已在是，是何说也？"

夏是时方倦卧藤椅上，神气颓丧，手取雪茄一支，以案头小剪夹去其封裹之端，擦火柴欲试吸，闻妻言，殊扬扬不即答，徐取囊中一纸出，乃由警长杜礼门处所录雷汝恒投吕枫之函，举以授妻曰："汝试读之，当知端的。"

妻果受而谛观，既毕，仍以纸还夏，乃询曰："北京钻石案耶？内容果系何等情节？妾所未详，君能为我一述否？"

夏曰："能，予固曾注意及此。此事约在两星期前，各新闻曾约略登载，惟尚未洞明真相，而予友余结缘君，星期一自京返沪，缕述颠末，可称实录。先是某名妓由沪而汉，由汉而京，夙与京中各大僚有秘密缘，其中以某次长尤为密切。此次来京，半系访旧，半系有所运动。来时寓六国饭店，举止阔绰，服装奇丽，不知者几疑为豪家眷属也，一时访艳之客，踵趾相错，户限为穿。忽于某夕狂呼'被盗'，箱箧俱空，且其侍者小大姐为盗勒毙。众集视研询之，则某名妓方自某狎客处归，室门洞启，小大姐僵卧地上矣。检视各物，惟存香粉、巾帕等零星遗物，案头杯盘狼藉，似有人在室中宴乐者。而于小大姐衣囊中，搜出钻石约指一裹，计七枚，就灯下审视再四，则皆赝鼎也。"

某名妓乃以电话召所欢至，所欢固警界中之佼佼者，且长于侦探学，周视各物，谓："此必熟手所为，并为小大姐有连事，急而毙其命者。试忆日间曾有可疑之客至此乎？"

某名妓沉思良久，恍然悟曰："有之。下午来珠宝客三人，强售钻石。予嫌其货劣价昂，不欲购。小大姐固若识其人，为之说项，予勉购镶坠一双，今犹在衣囊中也。"因检出示之。

　　所欢置掌中，略审瞩，失声曰："噫！此亦赝鼎也。其人狡恶哉！既售伪物，又劫人财，更伤人命。三罪兼发，洵不容诛矣。吾当竭吾力以探之，决不使奸人漏网也。"因与某名妓估计所失，现金、衣饰，约二十余万金云云。

　　"至今此案未得主犯也。明日，余君当返京，予将与以偕行，携此赝鼎，与某名妓辈一证来历，加以思考，则蛛丝马迹，必有可寻者。"

　　夏语毕，夏妻方目注壁上所悬之月份牌，其上画"刘阮再入**天台山**，**农**夫指示迷途，而两美终不可见"故事，妻指而调夏曰："此案纷幻多端，子虽竭心力，吾恐亦若刘阮之废然而返也。"

（以下天台山农续）

（五）

天台山农

夏乃起立，谓其妻曰："为吾稍理行装，即当往候余君，北之京师，一穷前案之真相，则后案亦当有关键矣。"

斯时夏色颇霁，稍抱乐观，徐自架上挈其大衣，御之而行。

妻方致声"珍重"，夏微颔焉，甫出房，忽有所触，缓步入书室，心口相商，念："此案可供研究者三点：一、守屋之沈姓，其受伤之来历若何；二、钱姓子；三、即空屋中之现象。今沈姓既因伤未能言语，而钱姓子又为彼等诡计所骗取，惟空屋尚存耳。吾之遽从余君北上，未免舍近图远，或将本题抛荒，不如先就此三点，更加探讨，俟山穷水尽时，再行北去未晚也。"又思："林捷之撞车、无赖之绳套，事近戏侮，彼等或故加玩弄耳。惟沈姓重伤，又胡为者，钱幼衡果无恙否？吾当分头思考之。"又转念："此时沈姓或当能言，则吾先从彼方面着手。"遂即电话询林豪。

林答言："沈虽作呻吟声，尚不能为有伦次之谈话，即能之，亦不可许其自由，致耗精力。"

夏闻之嗒焉若丧，既而自语曰："吾惟有暂往空屋中视察一周，然恐家人泄露机密，仍不如云往北京为佳。"计定，乃呼健仆夏升，携一小衣囊，相将出门，则马车已候于门矣。

车声"得得"向北行，将往停车场附近之旅馆访余君。

途且半，夏忽命围人转西行，谓驰至公家路，有要事略部署。

围人如命，疾驰至空屋门前，遽止。

夏挥围人去，嘱在旅馆附近相候，即命夏升转入后厢，拨厢边窗上机，启其窗，越窗而进。

少顷门启，夏悄然入。时至亭午，日光射入室中，见所置办之各物，纵横遍地，尘封未动，惟西北隅一角，方石错列，地板上印有履迹，细察之，似有三五人据石而坐谈者。

夏为愕然，小语曰："彼等固时至此间为会集所耶？"举眸周视，则壁上又发现奇物，乃一小方蓝色纸，上缀数语曰：

雷、吕两君鉴：

　　今日探知彼将往京，予等即尾行矣。两公亦可暂不来此，或径请警厅将此屋封锁亦佳。各物件俱签有暗记，目的物亦在西厢之隔方石下。予等且去，勿念！

捷等十人同白

夏阅竟，不禁舌桥不下，顾已至此，业有着手处，势难放过，乃周视物料包裹封合处，果见签有"夏景福"字样，字皆西文，乃失声叹曰："狡毒哉！我何仇于若，而必陷我于罪？"又疾趋室隔检视，则一方纸裹赫然存焉。

启视之，则钻石约指七枚，知为赝鼎无疑，不觉狂喜曰："彼等虽狡，自送证物与我，我何惧哉？一日间两获伪钻石，此中**大可**探究，诚不虚此一行也。"既而忽转念曰："彼等狡甚，得毋弄我！"取钻石约指反视之，隐隐现旁行文，竭力谛观，居然又为"夏景福"名字。

（以下大可续）

（六）

大可

　　夏既检得赝质钻戒，随手纳之大衣囊中，命夏升止于楼下，独自上楼，谛视四壁，了无所异，惟楼板上血痕模糊，大小足迹，宛然自新。试以己足量其大者，则长短尺度，一一吻合，方悟："昨日上楼时忽遽所印，未及拭去。脱沈姓而果死者，则杀人者夏景福也。其中冤狱，夫谁辨之？" 念至此，心益怦怦，强自镇定，翔步下楼。

　　启门先出，仍嘱夏升将门掩却，自后厢越窗而出。主仆二人，径向停车场来。

　　公家路距停车场可二里许，夏且行且思，以为此事既有端倪，则北京之行，可以作罢。顾安得某名妓所蓄之赝鼎而质证之，计不如即托余君。其人精干，当不偾事。

余寓亚洲旅馆三层楼四十九号，由侍者导入，已在摒挡行装，箧笥之属，倾翻满地，仰首见夏，急起周旋。

夏解大衣，置匡床上，即举"奇电"始末告之，并乞其臂助。

余笑曰："兹事殊幻，顾亦自趣老友，我当成汝'东方福尔摩斯'之名也。"

正谈笑间，侍者又来，白有李姓者奉访。

余视名刺，微咤曰："此人亦在是耶？"

夏问何人，余淡然曰："京中旧识耳。"

已而客入，金镜革履，翩然一西装少年，亦解大衣，置匡床上，与余寒暄才十数语，遽起辞曰："佳客在座，我乃剌剌，殊败清兴。"言已，匆匆竟去。

夏坐片时，因念杜礼门之约，亦起兴辞。

出门登车，指挥御者，径往警署，自忖："雷汝恒既不可见，彼吕枫住址，固明明趵突路六号也。若辈常至公家路空屋中，我当嘱警吏捕之。"正沉思间，车已戞止。

门者引入杜礼门办公室，杜卧沙发上，手执一纸，正有所思，见夏入，一跃起曰："汝来乎！盍观此纸。"

夏就杜手中读之曰：

> 横江路十号光华钻石铺中，今日发现假质钻戒七枚，反面现有"夏景福"西文名字，希为注意！
>
> 　　　　　　　　　　　　　　李　白

夏读毕，莞尔曰："赝质钻戒七枚耶？是乌得更在钻石铺中。"言已，探囊取一纸裹授杜曰："此粲粲者非钻戒耶？"

杜解视之，则累累者皆碎铅也，非钻石矣。

夏亦大愕，细审所御之大衣，黯色稍深，制亦较博，绝非己物，不禁愤呼曰："悠悠苍**天**，**虚我生**负'东方福尔摩斯'之徽号矣!"

（以下天虚我生续）

186

（七）

天虚我生

杜礼门曰："如何？"

夏曰："兹不暇述，乞先借电话一用。"

杜许可，夏即电询亚洲旅馆，则余结缘已行。急视手表，时已十二点二十五分，念余结缘必乘四十五分车行，以汽车往，尚及晤于车站，因向杜假用汽车。

杜亦许之，但请同往，并愿于车中一闻梗概，遂驾车同往。

车驰甚疾，夏因缕述上午所见诸事，且笑曰："黠贼之谋，虽巧亦拙。彼初以电嘱我赁屋、购石，将以为伪造赝钻之证据。而于伪约指上，又镌予名，殊不知适足为予反证地也。兹事且与雷、吕无关，盖前二函之笔迹，正与红蓝纸上之字体同耳。"因探怀出示警长，盖即空屋壁间先后所缀者。

警长审视曰："诚然！起笔轻而收笔重，果出一手。然则皆林捷等十人所为矣。"

夏笑曰："林捷系伪名，十人亦夸诞。否则遣书与其同党，何必自举其人数？雷、吕既为同党，则必见书自知，又何必于书首切指其名？凡此皆过设之疑阵，实则'林'字与'十人'，皆'李'字之上半截耳。至于包裹物料之上，一一签我之名，则计尤拙，正与约指镌名，同为反证。"

警长笑曰："即无反证，我亦知，君固无罪也。惟今驶车疾往，果追何人？岂余结缘亦同党耶？"

夏曰："否！李姓实为主贼，渠至余君寓中，故以大衣置榻上，易我之大衣去。我料其必至北京，衣我之衣，化装为我，故作破绽，自投法网，承认罪名，而更设法脱逃，使我成为通缉之犯，而无剖白之余地。盖我大衣领缘，正签有我姓名也。余君固识彼，见其名刺，即微诧，则彼名刺上所署之姓字，亦必真确无疑。今当追及余君，一询其人底蕴，庶易着手耳。"

警长未答，车已抵站。其时天色晦冥，大有雪意，旅客方争先上车，拥挤特甚。

惟头等餐车室中，只一西装便服之客，似嫌复**独**，**鹤**步室中，负手昂头，且嗫口而作歌也。

（以下独鹤续）

（八）

独鹤

夏景福注视此西装客，乃即诓取名刺、骗去钱姓小儿之林捷，大惊且喜，恐为所觉，亟偕杜礼门杂旅客中，遥立觇之。

须臾，复有一客入室，与林捷耳语。林面呈喜色，探怀出一纸示客。

时汽笛已鸣，车翰渐移动。林捷一跃下车，夏与杜礼门，亦下车紧随其后。

至车站外，林乘汽车疾驰。夏、杜亦登车将追之，而车忽不能动。

杜礼门下视其车，诧曰："车翰已坏，似新受损者。

190

怪哉！"

夏曰："此又必为奸人所算矣！"亟视前车，则已去远，杳不可见。

夏此时计无所施，即坚嘱杜礼门返署，迅事侦缉，己则易车返寓。

喘息甫定，忽闻电匣中铃声乱鸣，就而听之，知电话为林豪博士所发，云沈姓伤势转剧，恐不起，但今日忽稍能言语，嘱转促夏君速来晤，有要事奉告。

夏闻林言，匆匆即行。将出门，其妻忽自外归，询何往，夏具告之。其妻颜色陡变，几欲晕去。

夏大诧曰："卿得毋痛乎？"

曰："然。体弱不耐寒，殆将病矣。"

夏以事急，亦未遑多加慰藉，但嘱静卧，自雇车赴林博士医院。

既抵院，即偕林入医室，见沈卧榻上，面灰白如死人。

睹夏至，忽一跃而起，呼曰："尊夫人，凶狠哉！"

191

语未毕，突向后倒。

夏等亟趋前视之，则热血愤涌，已瞑目逝矣。

夏大骇，猛忆顷间其妻忽作怪病，今证以沈言，事甚可怪，因嘱林料量一切，亟归视其妻。

甫抵家，佣妇即告曰："夫人又复外出，留书贻主人，请观之。"

夏视其书曰：

侬且与君长别矣！

侬已负君，不敢不告君以实。君知钱幼衡何人？妾所欢也。钱氏子何人？妾所生也。

钱未赴晋前，曾与予家共寓，相处既久，妾不自恃，竟堕情网。后妾托辞归宁母家，即生此子，寄养于李氏。李蜀人，固钱之至友也。后钱赴晋，李亦返蜀，即挈子去，妾亦听之。

沈姓被刺之夕，李忽密遣人以书至，嘱往公家路相晤。妾如约而往，李果挈此子在彼。见妾略谈往

192

事，并云现特借钱幼衡名，托君赁此屋，将有所为，巨富不难致也。且云事苟发，或不利于君，特携此子来，借为证据，求妾相助。妾知为所挟，大恐。

此时沈姓忽排闼而入，狂笑曰："汝辈所语，吾已备闻之，能致富耶？幸分吾杯羹。"

语甫毕，李突出刀刺之，沈受创而踣。李方欲有言，闻街头履声橐橐，疑有警吏至，亟启后窗跳而逸，妾亦急遁。

暗杀案真相如此，至若辈鬼蜮之行，妾殊未知。惟此子之得而复失，妾实预其谋耳。

今沈姓能言，则此事尽泄，妾安能留？兹者奸人密布，殊为君危，妾虽去，当力助君，赎吾前愆也。

夏阅书毕，惊且恨，竟晕去。比醒，则身卧医院中，回忆前事，益骇惧，见衾畔忽露一纸，亟取视之，则曰：

福尔摩斯不得安**枕**，**亚**森·罗苹手段何如？

（以下枕亚续）

（九）

枕亚

夏阅竟，惭怒交并，回想所遭，如历梦幻。至白头相守之妻，亦有此暧昧情事，且与是案有大关系，真为意想不到之事。

正思索间，侍者持名刺入，云有客见访，接而视之，赫然为"雷汝恒"三字。

错愕间，其人已入，年事约四十许，面容颇和蔼，手持摄影器具。

夏急询曰："君即雷汝恒乎？"

曰："然。余向经商粤省，前星期返沪，偶晤开美银行司事，辗转得悉公家路暗杀案，与余牵涉，不胜骇异，特就君询其详。"

夏忽跃起曰："君亦为人冒名陷害乎？吾固疑之。"因悉告以此案前后情事。

雷叹曰："恶魔之计虽狡，然破绽殊多。以君敏捷之手腕，终不难戈获而惩治之。余甚愿助君。"

夏意少舒，指摄影器询曰："君习此术乎？"

雷曰："习之，顾未精。君欲摄者，姑试之。"

夏曰："甚善！"

雷即为夏摄一影，既毕，谓夏曰："君体尚惫，宜静养，一星期后当携影片来，且与君商进行。"言已辞出。

越六日，由家中转来一电，夏视外封，乃自北京拍发，译出视之，则发电者其妻也。电云：

留函想得入察，妾已随彼等来京，尽谂内幕。君友余君，已为彼等劫取软禁，将挟以做证。在沪党人，正设法觅君相片，祈留意！勿忽！

北京松树胡同十四号　敬

夏阅毕，知又受绐，恚甚，念彼党罗织之深，必须亲自北上，查明真相，再赴警署质证。

思竟，即欲出院，忽警长杜礼门至，出一纸授夏。

夏视之，则北京警署递来非正式的公文，用快邮代电者。其文云：

上海警署杜礼门先生鉴：

查两星期前，本京发生钻石案，遍侦未获主名。

现由侦探黄得胜，于二十七号，在万国饭店中，检得旅客遗下大衣一袭，衣袋中有"夏景福"名刺及影片各一纸、伪钻石戒指七枚。大衣领缘及戒指阴面，均印有夏景福西文名字。

次日复有人投函本署，指夏景福为钻石案主犯，其人为沪地私家侦探，行踪诡秘，京沪两处，均设有机关。前星期沪地公家路某号发生暗杀案，亦夏所为云云。函末不具姓名，恐有栽诬等情。

为此函咨贵署，有无夏某其人？所称公家路暗杀案，有无其事？

一切迅予查明示复，俾得着手侦缉，实纫公谊！

北京警署范元庆 叩

夏覆阅一过，笑谓杜曰："作三十年老娘，今日倒绷婴儿，君其谓我何？"

杜礼门意殊忠谳，<u>声</u>言必为夏辨此奇冤，不使奸徒漏网也。

（以下谔声续）

（十）

谔声

夏闻杜言，急曰："此案曲折过多，似非我至京一行，决难缉获。"

杜曰："诚然！惟上海党徒，方集矢于君，京行转恐不利。以我所见，奸徒之意，只欲嫁祸君身，现北京警署，来电探查，何如将计就计？我当遣警吏来捕君，故事声张；君却于署中化装而出，迅赴京侦缉。事出奸徒意料之外，或易破获。"

夏聆言，颔首称"善"。

移时，果有警吏至医院，捕夏去。

杜亟电致北京警署，略云：公家路暗杀案，未获主犯，尊函称与夏有关，业于本日将夏拘捕，听候查询，特先电复。

数日后，北京警署中忽来一客，署名刺曰"秋光禄"，云自沪来，奉杜警长命，有要事调署长范元庆。

署长即延见，客乃呈杜密函。范察知非伪，乃细询颠末，客具告之，即令警士四人，亦作便装，随时护客，并候调遣。

客思欲破此案，非先生至松树胡同十四号一探不可，乃乘车往，令警士遥随其后。

既至其处，则为一巨宅，榜其门曰"李寓"。

客睹"李"字，益有所触，叩门而入，则一老仆出应门。

客曰："我系钻石商，向与贵主人有往还，烦通报求谒。"

老者索卡片，客授以名刺，上署名曰"林恒"，旁附小字曰：天津好时首饰店经理。

老仆即入白主人，并肃客入厅事。

客伫待约十分钟，主人自内出。客缔视之，则即前在亚洲旅馆所遇之李姓少年也。

李见客非素识，注目良久，忽失声曰："尔非夏……"

客不待词毕，急取手枪拟之曰："勿声！"

少年大骇惧，客即鸣警笛，四警吏闻声入，共执少年，一面以电话告警署，派大队警察至，遍索室中，毫无所获。

客细审各室，亦无机关，惟少年寝室壁上，悬有着衣镜，大逾寻常。试动其钟，则镜面砉然而辟，中有甬道，可通地窟。

客大惊喜，率数警士，扪壁而入。窟中分三室：中间一室，集人甚夥，林捷亦杂其中，警士悉加拘获；左一室紧闭，力辟之，则余结缘在焉。

夏妻亦在侧，见夏来，惊喜欲狂，亟张两臂抱夏曰："妾为救君，故投身贼巢，充作同党，贼令任监视余君之责，且每日一次，出外兜售伪钻，因得乘间通电于君，不图竟相遇于此地也。"

翌日，京报咸载有要闻曰：

> 本京伪钻石案已破，前记万国饭店中发现旅客夏景福大衣及伪钻戒等，系为贼党诬陷。
>
> 昨夏已化装来京，在松树胡同破获机关，拘获主犯李姓等。
>
> 据李供，彼并为上海公家路暗杀案主犯，初意购置镪水等物，借该屋为制造假钻机关，后因暗杀案遭警探注意，遂思移祸夏君，借谋狡遁。至雷汝恒、吕枫等，均系影射名义，乱人耳目。尚有钱姓子，则已病死云。

李既被逮，京人感目为大憝，十手所指，严于斧钺。李知难幸免，乘隙仰药自尽。余犯亦分别治罪结案。

（选自《集锦小说》，1936 年 9 月第一版，上海文业书局出版）

怪手印

▲怪手印

本篇集錦小說擔任者爲出農‧大可‧天謎‧岳生‧指嚴‧律西‧眉子　眷秋‧獨鶴‧瞽公十八人

（一）　　　（天謎）

夏日苦長七時始漸昏黑涼颸徐至貧苦食力之家勞勞終日斯時登天堂矣矮屋十數廛緣次櫛比無男女老幼咸攘長凳或小竹椅坐簷下手持粺盤進膳碗頭置疏甘喋且談笑以爲至樂羣兒先擁擾或忿相毆則父得呵比聲與小兒哭聲嘻聲並起喧啾不已。

無何有老翁扶四尺長之旱煙桿蹣跚而來衆歡呼曰王伯伯來矣不知今日又說何故事幼吾輩清夙所談眞命天子龍潛浮寺及豬妖土遁視前

本篇集锦小说，担任者为：山农、大可、天谋、岳生、指严、律西、眉子、眷秋、独鹤、警公十人。

（一）

天谋

夏日苦长，七时始渐昏黑。凉飔徐至，贫苦食力之家，劳劳终日，斯时登天堂矣。

矮屋十数廛，鳞次栉比。无男女老幼，咸掇长凳，或小竹椅，坐檐下，手持粗碗，进膳，碗头置疏，且啖且谈笑，以为至乐。

群儿尤扰扰，或愤相殴，则父母呵叱声，与小儿哭詈声，并起喧呶不已。

无何，有老翁扶四尺长之旱烟杆，蹩躠而来。众欢呼曰："王伯伯归矣！不知今日又说何故事，助吾辈清兴？昨所谈真命天子，龙潜僧寺，及猪妖土遁，视前夕之左公吃人肉，尤为动听也。"

王伯伯者，不知其乡里，名德喜。自称少时，从征吐鲁番，累保至都司衔，补用守备，后不得志尝为差弁；从达官往来海上光复时，亦为奔走革命之人。顾迄今贫困，不能免冻馁，弗可解已。其来此与诸矮屋中劳动人家结邻者，已二年，意气伉爽，好为人理不平事，而性殊和易，尤健谈。每演说战场事，以自炫，又造作神仙鬼魅不经之谈，杂引说部中故事，使听者无倦容。故邻里之人，无老少皆亲之，以为智囊也。然王翁行径殊怪，孑然一身，无恒业，而侵晨必出门，至夜始归，二年来，无一日不如此。众莫知其何作，亦不暇究诘也。

王翁既就坐，众肃然无哗，所谈仍为神怪事，滔滔不已。

众方侧耳倾听，忽一小儿惊呼曰："魅至矣！"

众举首，突见一白衣人自屋际跃下。众大震，噤不能呼。

一刹那间，忽失王翁所在，并其四尺长之旱烟杆，亦杳无踪影矣。

诸人惊魂略定，急秉烛至王翁家，见其残破衣物俱在，而壁上累累赫然手印也，或黑如漆，或红如朱，大几倍常手。

众益惶惑，莫知所措。中有一老成人，曰："毋哗！兹事虽可骇，而此壁上手印，**大可**为侦查之线索也。

（以下大可续）

（二）

大可

王翁邻人有李彪者，向充捕役，短小精悍，屡破剧盗，是日，下乡勾当公务，抵暮始归。

归则众人方因王翁失踪，惶惑无措，见李归，争来告诉，且求侦缉。

李凝思有顷，曰："王伯伯，平日踪迹诡秘，我固疑之，特以其人，仁厚长者，不忍穷究。今夕之事，宜暂隐秘，勿遽张扬，俟探有端倪，再行报县。第不知白衣人之形貌何如耳？"

是时，众人复支离其说，言人人殊。或谓白衣人，披发及肩，吐舌至腹，状类无常；或谓白衣人，缟袂练裳，修洁无匹，实为妖物。

李笑曰："妖由人兴，若曹日饫闻王翁谈论，信以为真，恐怖之中，遂生幻象。要知此皆王翁狡狯，信口开河，为若曹解闷。果如其说，则此世界，早为鬼魅塞破矣。"

众人闻言，将信将疑，陆续散去。

李亦解衣，槃礴欲睡。

忽探伙赵大岔息而至，云："城北观音桥街金议员家，顷间有白衣人，从檐际飞下，阖宅妇孺，见状骇伏。逾时检点，已彼劫去金珠无算。壁上累累然，遗有手印，或黑如漆，或红如朱，大几倍常手。金议员已用电话报告县尊，要求缉捕白衣人到案，否则将向省议会提出弹劾。县尊为此焦急万分，已令吾辈分头觅汝到署候命。"

李不待词毕，一跃起曰："盗在是矣！请从子往面县尊，不出旬日，定可破案。"

赵复敦促之，李乃披衣而出。

李至县署，已近三鼓。签押房中，灯犹未息。

知事何大庸，方在室中，彷徨万状，闻李至，急令召入，限以半月，缉捕白衣人到案。

李半跪启曰："此案小人略有眉目，不出旬日，定可破案。但乞长官挑选精壮兵士二十名，听小人指挥，不得违拗。"

何知事见李应对机**警**，**公**事熟练，不禁连呼曰："好！好！"

（以下警公续）

（三）

警公

　　何知事嘱李，翌日至公署，率领兵士，前往缉捕。李乃退去，知事遂入内室。

　　翌晨，何方睡醒，呵欠而起，忽见寝室承尘上，发见怪手印，红黑各一。

　　何大骇，知盗已入署，立呼卫兵等入内搜捕，大索不得。

　　管印人莫容仁踉跄奔告曰："知事印信，已被盗去，然印箱标封，依旧未损，不知盗用何术摄去也。"

　　公署中人，自失印后，皆惶急无措，知事乃即召李入署。

李回私宅后，筹思缉捕白衣人之方法，私忖："王翁行踪诡秘，必与白衣人有关。此间设有是种秘密机关，我尚知之未久，苟非于无意中晤黄氏女郎，则此秘密窟宅，我又何从而知之？若辈纵多狡计，幸我已安排罗网，逆料不致逃遁。但所率兵士，必须慎为调遣，万免贻误。"

李彪筹划既定，正拟入署，突见县役来告昨宵失印事。

李乃偕役驰赴县署，将至署门，忽闻有人从后追至。

李回顾之，知系探伙孙二，喘息奔告曰："赵大又被杀矣！请君立即往勘！"

李乃改道至署后赵宅检验，知赵大尸体，气绝已久，但遍身无伤痕，惟左颊有一朱色手印，殊不知又用何术致死也。

赵大妻王氏，泣告李彪曰："昨晚赵归后，因天气酷热，不能成睡，乃至院中纳凉。时妾已酣睡，至黎明时，妾至院中促渠入卧内室，不意推之不动，呼之不应，四肢蜷伏，僵已久矣，不知如何被人暗杀，及用何法致死。务望李家伯伯为死者复仇。"语毕，泣下如绠。

李既由赵宅出，乃入署中探验一周，无甚头绪，惟知此案及赵大案，必皆与金议员家盗案有关，且皆有手印。"我惟有依我最初计划，从事捕犯而已。"

迨李出署，知事已选择兵士二十名，雁行而立，见李至咸举手为礼。

李欣然告曰："今日约诸君往捕大盗，事成县长必有厚赏；万一不成，不独官厅峻罚随之而至，且鄙人与诸君名誉，亦将堕地以尽。故今日之行，关系非常重大，诸君务必听我指挥！盗窟所在，我已知之。君等随我至彼掩捕，如见有男子，不论老幼必立拘之，毋使逃逸。"

李诰诚已毕，众唯唯，乃随李行，逶迤至北郊某村。

李指一宅第曰："是既盗窟。"

李等一拥而入，宅为楼房三楹，门若虚掩，阒无一人。

殆搜至楼头，但见榻上卧一绝色女郎，好梦方浓，酥胸微露，不知谁家美**眷**，**秋**月春花，差可喻其明艳也。

（以下眷秋续）

（四）

眷秋

　　李彪方欲指挥兵士，促女郎醒而问之，忽见女郎双眸微启，睹众至，略无惊惶之色，转身向里榻出纤手向枕畔，不知摩挲何物，陡觉四壁震摇，榻前楼板突然下陷，如升降机之坠落者。然瞥见街门已过眼帘，坠犹未止，旋即四面黝黑。有顷，轧轧之声始息，知已坠入地窖矣。

　　是时，兵士惊哗莫知所措，李急止之曰："事已至此，当谋脱险之策，勿徒喧嚣扰乱。且敌人如此设备，未必若是即止，或有来捕者，尚当并力抵御。"

　　即闻一兵士答曰："吾侪来捕人，乃为人捕耶？"

又闻一兵士曰："抵御亦须目能见物，今且不能自辨其掌，何从御敌？"

李知众已怨己，亟告之曰："累汝辈至此，诚我之咎。但危机已迫，何暇辨难？俟出险后，我当谢罪耳。"言已，即伸手向四面摩挲，又曰："吾不料此间有此设备，遂未携带电筒。然吾等二十余人，不患无术脱身。今当先探索窖中四壁，或有出路。"于是率兵士四面探索，或以手扪，或以足抵。

窖中容积甚大，盘旋久之，始闻一兵士呼痛曰："此间已靠壁，撞破我头矣！"

李亟曰："既有壁，即可循此前行，惟须注意足下，勿使橐橐之声，先惊敌人也。"

李等扪壁以行，蜿蜒曲折约数十丈，始见微光透入，足下渐觉升高。此时略可辨认，地下作斜坡形，两壁沙土，夹成甬道。

李乃诰诫众兵曰："出险已近，然险更甚于前。外间必有人严守，当共谋防卫。"即出手枪，拨开启闭之机，微步潜行。

至转折处，光线渐明，忽见一物置墙隅，李拾就光隙审视，则一破烂手套，大逾常人所用，朱墨之迹累累。

李低语众兵士曰："此凶人信物，污毁至是，不知作恶几许矣。"

此时，忽闻枪声陡发，一兵士已仆地。

盖甬道尽处斜置一梯，兵士等久困窘中，苦闷不堪，亟欲外出，遂忘李所戒。一人冒然先登，甫及半，已为外间所觉，发弹中其腿，遂跌下。

李知敌已至，纳手套入囊中，执枪趋前，见梯尽处为穴口，一人在上俯视，方以枪下拟。

李亟发枪，中其手，其人之枪，遂堕入穴中。弹经震动而发，又伤一兵士之足。

李亦不暇顾，先跃登梯，甫至穴口，又一枪弹掠耳而过，则见又有一人执枪立穴外。

李一跃而上，众兵士亦随登。穴外之人，见来者甚众，惧而奔。

前之受伤者，亦起欲逃，李遽前扼其吭，跳踯移时，始就擒。

李乃指挥兵士，一面救受伤兵士出穴，一面检视穴外之室，则门临溪水，窗对遥**山**，**农**家所居之茅屋也。

（以下山农续）

（五）

山农

李彪与兵士等既出险，且擒获一人，意将奏凯而归。甫出茅屋数武，忽闻枪声，发于屋后森林内，知匪党潜伏尚多，急挥兵士戒备，觇察前途。

长溪如带，绕屋之三面，水深且湍，未可徒涉，而极望不见略彴，知系绝地，欲出险者，惟有法淮阴侯之背水阵，一战而胜，始得破此重围耳。顾不谙地势，不测匪党之多寡，徒恃二十余人之死力相搏，即使一可当百，胜事未易操券。

李彪情急智生，即命兵士等回至屋中，遴选矫捷精警者八人，分守属外四面，兼踞溪滨岸角；又出五人，司巡逻侦视；余均守望屋之前后窗。

部署既定，乃举所捕之匪，释其缚，相将席地坐。

李持极恳挚之态度谓之曰："吾辈均是国民，均为健儿身子，初非仇敌也。吾此来亦服公务耳，实未与若辈有深仇夙怨，靳彼主事人到案，释吾济重责已足。何况君辈，或为饥寒谋食地，吾又安忍妄肆残害？且观君状貌，实亦长厚者流，第能告吾以此中情事，与主事人所在状况，吾苟获出此网罗，方德君不暇，誓必甘苦荣辱与共，请勿存畛域之见也。"

该匪闻李言，已意大动，又视四围兵士戒严以待，己身方膺创力竭，插翅亦无遁理，乃曰："吾名曹汝丰，自幼不治家人生产业而嗜饮博，薄有膂力，辗转入此党二年余矣。党名'手印'，纪实也。党魁兄妹二人，兄曰'祁瑞'，妹曰'如珍'，俱矫捷过人，且擅幻术。而如珍尤狡变莫测，奇计横生，党中有'女诸葛'之号。君之堕入窟中者，皆此豸所设之陷阱也。惟祁瑞亦能飞檐走壁，为党徒所信服。"语次，指森林处而言曰："此

220

间即渠之根据也。溪流绕出门前。"又指林外屋角一高楼曰："此即如珍之香巢也。戒备森严，党人罗布，未有能越雷池一步者。吾目击窟中死者累累，即使匍匐而出，亦必毕命此间。君等固人众，或可背城借一。然党徒二三百，君等才及十之一耳。李君，李君，不见那壁厢置杀人机乎？"

李瞿然惊视，则小铁球数十百枚，面杂土绣，累累如掘根之黄**独鹤**嘴锥（兵器名，见《酉阳杂俎》）数支，空悬壁间而已。

（以下独鹤续）

（六）

独鹤

李彪正自惊惧，突闻枪声与呼号声并作，贼众已涌至。李等亟迎敌，顾贼党人多，弹如雨集。

苦斗移时，李所率兵士已死伤过半，其未伤者，亦被擒。只李一人，势不支，群贼噪而前，夺其手枪，左右挟持之。

但闻为首一贼呼曰："来者无一漏网，殊可喜，应分别械禁，俟报告党魁，再定处分也。"言已，即有数贼拥李入一土室。

室中昏黑，莫能辨物，且手足均加锁铐，无可展动，李自知已处绝境，惟瞑目待死而已。

222

李被囚后，不知历若干时，忽有微光自门隙射入。须臾门启，一人持电筒立于前，视之则曹汝丰也。

李方欲有言，曹亟摇手止之曰："勿声！"又悄然续言曰："君命悬于旦夕，吾感君日间劝诚之诚，知君为血性男子，不忍坐视当世豪侠，受戮于此，因冒死相救。速随吾行！苟得脱，他日幸毋相忘也。"

李闻言，惟颔首示谢，曹即探怀出一钥，为解去锁铐，曳之出户，恐为逻者所见，择幽僻处潜行，穿林度径，转折久之，始得一路。

曹因告李曰："此路向东可通大道，宜亟驰归。幸勿西行，西则复返旧路，入党窟矣。君不见月光暗淡中，隐隐露红楼一角，此即吾曾告君为如珍所居者也。吾不能更远行，请从此别。君其慎之，勿再陷危境。"语竟自去。

李既脱险，欲远遁，忽一动念，自思："吾率兵擒盗而来，今乃兵为盗歼，仅以身免，更何颜归见江东？顷闻曹言，知楼中为女贼居处，苟于此时冒险径登其楼，

223

杀女贼而后行，则吾耻可湔，返见县官，功罪亦差相抵矣。"意既定，乃不东而西，径趋贼巢。

途中遇逻卒数起，均预伏丛莽中得不为所见，如是备历艰险，始抵楼前。

楼亦巍然，惟道旁有一大树高与楼齐，且去楼窗殆不盈咫，李即猱升树颠，窥见楼中残灯半灭，罗帐低垂，意如珍必已入睡。

时方盛暑，轩窗四启，李故矫健，跃窗而入，着地无声，即欲杀贼，苦乏利器，瞥见壁间悬宝刀一，大喜，取刀在手，直趋床前，启帐斫之，血花四溅，首随刀落。

李恐有人至，亦不暇审辨，亟掣刀割帐门尺许，裹其首提手中，复跃出窗外循，循原路东行，果得大道。

驰抵县中，天犹未曙，乘夜入县署，见何知事，具述所遭。

何惊喜交并，亟命解裹视之，则又骇极而呼。盖裹中所藏之人首，固非妙女，而为老翁，皓发庞眉，子细

224

视之，实王伯伯也，面色如生。

（以下眉子续）

（七）

眉子

李知误杀，急启何曰："此事虽由小人疏忽，然党徒巢窟，既经探悉，此后只须设计掩捕，弗使兔脱，则一切疑案，皆可破矣。"言次，探手百宝囊中，将所拾得之手套掏出交何。

何就灯下反复审视，见朱墨烂然，果与寝室承尘上所留手印大小无异，因向李曰："党徒既如此众多，本县警备队，兵力薄弱，俟电省垣，请派大兵剿捕何如？"

李止之曰："党徒耳目，至为迅速，省兵到县，若辈早作鸟兽散矣。为今之计，惟有小人再入党窟，相机行事，不生获如珍兄妹，誓不还也。"

何知事惊讶参半，然又不知计之所出，惟谆嘱小心而已。

李至公事房，觅得孙二，嘱多备硝磺引火之物，并嘱治餐。饱啖既毕，偕孙仍投党窟而来。

是时天色已及黎明，晨光熹微，掩映林薄。二人缘溪行，曲折潆洄，约三里许，望见茅屋已出其前，隐隐闻屋中呼声甚惨，因与孙蛰伏林中，觇其动静。

不移时，果见如珍率党徒数十人，簇各伤兵入地穴而去。

李窥之甚悉，即出手枪付孙，嘱往穴口潜候，如有缘梯而上者，即袭击之，勿失也。己则出林疾趋而西，直抵如珍所居楼下。

其时党徒意李此去，魂魄尽丧，不敢复来，故楼下竟未戒备，徐推门而入。

惩于前事，不肯孟浪，蹑足登楼，掩入卧室，搜检一过，印信等物，杳不可得，意甚懊丧。

忽手触壁间嵌镜，呀然有声，镜自移动，露出壁橱，金姓被劫之赃物，一一俱在。珠光宝气，耀入眼目。

中有一纸裹，纵横五寸许，缄封尤固，度是要物，急启视之，则赫然一美男子相片也，徐笑曰："我谓如珍虎虎有生气，至今观之，亦一寻常痴女子耳。不然，人家男子之相片，于卿底事，亦烦纤纤玉<u>指</u>，<u>严</u>封密裹耶？"因并揣之怀中，出硝磺引火等物，布置妥帖。

（以下指严续）

（八）

指严

李方蹑足下楼，欲觅孙二移取赃物，忽闻男女嬉笑声，清脆似出邻近，驻足辨之，知在楼下，左厢一密室内，即凫趋狙伏，至窗下觇之。

女郎方袒其酥胸，与美少年狎笑，状至昵褒。谛视女郎面貌，果如珍也。

骇且喜时，孙二亦至，李急作手势示之，突然破窗入。

男女皆出不意，顾如珍为美男所纠缠，力脱而遁，捷如猿猱，则已稍缓须臾，且略一回顾，似不能忘情于美男。

李抵其隙，飞一足钩之，仆矣，乃就擒。

孙二亦已擒美男，遂括赃物，以毡裹之，举火燃硝磺等物，急驰出楼前，忽为巡逻者瞥见，立吹警笛。

李挟如珍及赃物行如飞，孙二少后，竟为追者所及。

楼头赤焰烧空，余霞成绮矣。

李直入县署验赃，且献如珍。

何大喜，立召如珍入视，愕然曰："尔非津门妓而且伶之徐锦扇耶？今何以为盗？"

如珍亦仰视，泪珠夺眶而出，曰："妾亦识公为三年前之何公子也。"

时何知事方居内书房，左右仅李一人，即语如珍："今无他人在此，盍陈真相？"

如珍泣且语曰："妾自别君后，忽胞兄来津访妾，得脱乐籍，携归海上，始知妾兄乃一剧盗。妾意不谓然，顾妾兄殊笃挚，谓妾曰：'子第择得快婿，尽自由，当丰奁以助妆，决不子累也。'妾慕风华甚，必得一世家子弟美仪而有隽才者嫁之。比乃倾心某校一高材生，目成之后，妾要以订婚，讵意渠先有所眷。妾愤妒甚，劫之入盗巢，而其家保护人王伯伯者，至可恨，恃其武艺窘妾者屡，乃与兄计，欲并制之。王伯伯性伉爽，因亦时与绿林中人往来，妾兄初谒见，遽陈妾意。王伯伯谓某郎已聘黄氏女矣。"

语至此，李挽言曰："县长请注意，黄氏女即前为张绅控指匿其子者也。"

何恍然曰："张提督之二公子，即尔所劫藏之美男子耶？惜孙二未来，谅又同陷盗窟矣。"

语时，李揣怀出相片呈何。

何展视曰："是矣。渠固与予有戚谊，且同学也。"即转问如珍曰："劫金议员家财物，及盗署中印信，尔皆同伙耶？"

女曰："妾虽习武艺，不愿为盗，徒为情网所误，致犯嫌疑，**律西**方佛说：'罪过，罪过！'妾固不求谅于公，第愿来生与有情人成眷属耳。"

（以下律西续）

（九）

律西

何得供，命暂将如珍寄监，另选干役二十人，命李率之，重往盗窟，寻觅所失印信，并踪迹孙二及张公子两人下落。

发付既毕，进入书室，寻检旧卷，始悉张提督控失子之事，竟与此案有关。

缘张公子者名如松，风度翩翩，慧中秀外，始与黄参将之女在某园相遇，一见目成，矢以婚嫁。既为父母所知，勉从其志，虽尚未成嘉礼，而二人往来甚密。

且黄虽弱女子，幼承家学，武艺精娴，颇慕红线、聂隐娘之为人，一日张公子忽失踪迹，家属因其年方幼稚，与世人素无嫌隙，遂疑为黄女所匿，控之官。

县署乃逮黄女到案，讯问之下，因无充分之证据，未便羁押，只判令出外共同寻觅而已。

黄女无端遭此奇冤，自思嫌疑所在，辩亦无益，且自恃所学，誓必觅得张郎所在，一雪此耻。顾事阅数星期，杳无眉目，前日遇李彪于途，因告以颠末，嘱为留意。故李于此事，稍得端倪也。

何阅案毕，自念："因擒剧盗，而破及此久悬之疑案，亦大佳事，第不知印信能珠还合浦否耳？"

李彪率健役重至盗窟，见被火之后，已成一片瓦砾，仅留硝磺余烬，非但盗匪不留一人，即所谓孙二、张公子者，亦杳无踪影。

正欲分拨从人，四出侦察，忽闻林内有呼救声甚惨。循声往视，则见一人赤体高悬树颠，为时已久，气竭声嘶。

细辨之，果孙二也。急令壮者猱升，解救而下，解衣衣之。久之，孙二始能言。

询以张公子所在，孙二曰："吾自遭擒，自分已无生理，即肆口嫚骂。一盗大怒，即欲剸刃。幸曹汝丰从旁缓颊，乃禠夺吾衣，缚置大树上，复用带将吾双目紧扎。以后彼等所为，吾即不知，似闻为首者云：'此间巢穴已毁，不能再居，只有向东海暂避矣。'众皆唯唯，言已即簇拥张公子，呼啸而去。"

李闻言，无可如何，乃携孙入城，报告县长。

何曰："彼党入海之说，未可尽信，但若任彼兔脱，则弋获愈难。况有张公子及本县印信，均在盗手，尤非穷究不可。"

李曰："彼等逃至何处，如珍当知其详，现在狱中，何不一讯？"

何即命将如珍传至内室，假以辞色，婉言开导。

如珍笑曰："妾与兄同居一年，彼等行藏，妾已尽悉，无论逃至何处，均不能出吾掌握。但妾本无他求，倘得长官能允许保全吾婚事者，自当尽力相助也。"

何问治之之术，如珍曰："此事只能相机而动，未便预言。倘泄露风声，妾命且不保。目前只须请长官将妾释出，任妾所之，不复过问。三日内，当亲系贼颈，献于台下，不劳一人一骑相助也。"

何闻言，恐其遁，大为踌躇。

如珍已悉其意，哂曰："妾虽一女子身，但言出如山**岳**，**生**平不做欺人之事。君如此见疑，枉吾吐露肝胆矣。"

（以下岳生续）

（十）

岳生

"倘县尊以黄参将之女，为不便处置，则侬愿效娥皇、女英故事，即不得已，降列妾媵，亦无不可。"

何见如珍言词恳挚，确出至诚，遂亦决然曰："汝果能拘汝兄至，为地方除害，则汝之婚事，本县长能为保证，当为设法曲全，决不相负。惟汝一女子，虽具好身手，顾众寡不敌，恐致偾事。本县当为再选精卒三十人，以为助。人众势盈，成事较易也。"

如珍慨然曰："是非县尊所知，彼等机关，共分五处，前日所破者为中海，其余尚有东南西北四海。而以东海之机关为最稳固，人入其间，迷离恍惚，直如置身

236

八阵图中，不可捉摸。人数虽多，无济于事，且临事反致杂乱。如县尊见信者，愿拨最精壮者五兵，各持手枪，并令李彪随妾往，三日内必有以报命也。"

何目示李，李慨然允许，遂依如珍言，星夜驰往。

出外城东门约二十里，荒芜异常，偶有农舍三五，矗立于荒茔古墓间。

如珍率李彪及壮丁五人，驰抵一小村，名"万家屯"者。

如珍即诫众人曰："盗窟距此不远，须严为戒备。入窟时，盗必询：'做何生意？'可答之曰：'打渔。'又必询：'如何打法？'可答之曰：'三拳两胜。'此为窟中最秘密口号，得之即可出入无碍。幸志之，弗误！"众唯唯。

万家屯而东可三里，为一小丛林。丛林之后，荒冢累累，中有一坟特巨，并树一碑，碑字模糊不可辨，约计当为五十年以前物。

如珍既抵碑前，径去其碑，碑后为一穴，大仅可容人，乃率众匍匐蛇行而入。

不数步，为一小土室，燃有油灯。室中情状，颇明晰可辨。

有二大汉坐守室中，见如珍入，亟起立致敬曰："女主竟得脱身耶？主人因汝被俘，忧虑终日，汝可急入视之，以慰其心。"言未毕，瞥见如珍后，又随六人，不觉大疑。

如珍窥其意，亟指众谓之曰："幸有若辈相助，始得出险，不然已将膏斧钺矣。我以彼辈为恩主，而彼辈亦愿忠于吾党，永永相助，故挈之以见大王也。"

二大汉将信将疑，亦不置答。

如珍遽入土室北隅，扪一似电铃式之小机关。

忽觉土室渐渐振动，转瞬现一小弄，亦燃有洋烛。弄之尽处，陈列石缸可数十只，大异寻常。

如珍乃跃入第四石缸，众随之。缸底随人而脱，更历石级数十级。

石级既尽，复入一室，又有人守卫，见众人入，询口号，众为如珍言应之，遂亦无阻。

室后有楼梯，更逐级而升，梯尽则豁然开朗。平屋可十余间，人声嘈杂。

如珍径率众昂然入最后一室，则祁瑞在焉。

祁瑞方俯首据案深思，忽见如珍入，不觉骇然，又见后随壮汉六人，更错愕不知所谓。少顷，始纵声曰："妹自何处来？我意妹必不免，今竟得生还，宁非大幸！顾彼辈为何人？"

如珍不待言毕，遽正色曰："我受兄绐，误入歧途，今当擒汝自赎。"

祁瑞出不意，惊愕不知所措。

如珍即令五人擒祁瑞，并各出枪曰："弗声！不然，弹洞汝胸矣。"

祁瑞知为所卖，叹曰："小妮子忘恩负义，竟出此辣手段耶？"即狂声呼曰："止！"

如珍闻呼，忽有悟，急力阖其扉，顾已不及。

门外党徒遽拥入，见状竟扑如珍。

如珍急令李彪拔枪与斗，连发数弹，击毙多人。

众仓促间不及持械，咸惊溃退出。

如珍令五人挟祁瑞由原道曲折而入，而追者已紧迫，一盗轰发一弹，如珍不及避，竟中要害倒地死。

李彪得曹汝丰助，亦自后奔至群出盗窟，至万家屯稍稍憩息，并械系祁瑞星夜入城。

既抵县署，东方将曙矣。知事见祁瑞已就擒，急遣大队，令李彪率领，更驰赴盗窟。

时群盗见首领被逮，群龙无首，已早窜散。李彪穷搜机关中物，知事印信，依然无恙，而张公子亦在，不食已二日矣，急释之，挈印赴署。

知事以如珍既死，张公子婚事，当不成问题。但念如珍自拔有功，厚葬了事。李彪亦以功得上赏。

祁瑞罪大恶极，即置重典；余党亦不复穷究。

大憨既除，知事置酒邀李彪等相与庆贺。

席间，李彪傲然有得色，曰："此等离奇怪诞之事，居然为我破获。此案如得小说家，从而记述之，大可放一异彩也。"

（选自《集锦小说》，1936 年 9 月第一版，上海文业书局出版）

本书主要作者简介

独鹤　烟桥　卓呆　小青　芙孙　碧波　落盦　杷云　山农　芑狂　奇

程小青，原名青心，乳名福林，抗战时期曾改名为程辉斋，笔名小青、青、茧翁、曾经沧海室主、紫竹等，苏州居所曰"茧庐"。中国现代侦探小说"第一人"，被誉为"东方的柯南·道尔"，著有侦探小说代表作"霍桑探案"系列，另译有大量欧美侦探小说，如"斐洛凡士探案"系列（十一册）、"圣徒奇案"系列（十册）、"陈查礼侦探案全集"（六册）等。

陆澹安，名衍文，字剑寒，号澹盦（后改为澹庵，最后改为澹安），江苏吴县人，别署琼华馆主，笔名"何心"等。中国现代文学家、侦探小说家、古典文学研究家、编辑家、书法家。著有侦探小说《李飞探案集》、古典文学研究著作《水浒研究》等。

赵苕狂，名泽霖，字雨苍，别号忆凤楼主，浙江吴兴人。民国时期著名编辑，曾参与编辑《侦探世界》《游戏世界》《红玫瑰》《玫瑰》等众多民国通俗文学期刊。同时也是民国时期著名侦探小说家，有"门角里福尔摩斯"之称，最擅长写"滑稽侦探"小说，著有《胡闲探案》等。

徐卓呆，名傅霖，号筑岩，别号半梅（槑），别署阿呆、闸北徐公、半老徐爷、李阿毛等，江苏吴县人。既是通俗小说家，也是电影理论家、剧作家，被誉为"文坛笑匠"和"东方卓别林"。主要作品:《烟灰老四》《秘密锦囊》《女侠红裤子》《李阿毛外传》等。

胡寄尘，名怀琛，字季仁，一字季尘，号寄尘，别署秋山、有怀等，安徽泾县人。早年加入南社，曾协助柳亚子编《警报》，主编《小说世界》等。著有侦探小说《银楼局骗案》等。

天虚我生，即陈蝶仙，原名寿嵩，字昆叔，后改名栩，字栩园，浙江钱塘人。"鸳鸯蝴蝶派"代表人物，曾创办《游戏杂志》《女子世界》等杂志，担任《申报·自由谈》主编，代表作《泪珠缘》《黄金祟》。参与翻译中华书局《福尔摩斯侦探案全集》《桑狄克侦探案》《杜宾侦探案》《孽海疑云》等欧美侦探小说，曾于《礼拜六》杂志发表短篇侦探小说《衣带冤魂》。

徐枕亚，名觉，字枕亚，别署徐徐、泣珠生、东海三郎等，江苏常熟人，南社成员。曾主《民权报》笔政，创办《小说丛报》《小说季报》，代表作《玉梨魂》被誉为"鸳鸯蝴蝶派文言小说的奠基之作"。

程瞻庐，名文梭，字观钦，号瞻庐，又号南园，室名望云居、松竹庐，青社成员。章回小说家，尤其擅长滑稽小说，其时号称"滑稽之雄"，被周瘦鹃推崇为"今之淳于髡、东方朔"。代表作《唐祝文周四杰传》《新广陵潮》等。

顾明道，名景程，别署正谊斋主、石破天惊室主、虎头书生等，武侠及言情小说家，星社发起人之一。因在《新闻报·快活林》连载言情武侠小说《荒江女侠》而声名鹊起。

严独鹤，名桢，字子材，号知我，别署槟芳馆主，笔名独鹤、老卒、晚晴，浙江桐乡人。与周瘦鹃一道被人称为"一鹃一鹤"。主持《新闻报》副刊笔政三十余年。曾于《红杂志》《侦探世界》等杂志发表短篇侦探小说《奇怪的失踪》《贼与夫人》等。

范烟桥，名镛，字味韶，号烟桥，别署含凉生、鸥夷室主等，江苏吴江同里人。早年加入南社，后组织发起星社。先后主编《小日报》《珊瑚》等报刊，著有《中国小说史》《茶烟歇》等，更是经典电影歌曲《夜上海》的词作者。曾于《侦探世界》杂志发表《侦探杂谈》《侦探小说琐谈》等评论短文。

施济群，别署花好月圆人寿室主，精于医学。曾独立创办《新声》杂志，主编《红杂志》《侦探世界》等。为与《晶报》竞争，又创办《金钢钻》报。曾于《侦探世界》杂志发表短篇侦探小说《谁的贺年片》。

徐碧波，原名广炤，字芝房，号归燕，别署红雨、嫉俗等，江苏吴县人。编辑、编剧、电影人，曾与程小青合办《橄榄》杂志，并与其等合资创办苏州第一家有发电设备且可以放映日场电影的电影院——"公园电影院"。曾于《新侦探》杂志发表短篇侦探小说《钞》，后撰《程小青的侦探小说及其他》一文。

冯叔鸾，名远翔，字叔鸾，别署马二先生、马二等，号啸虹轩主人，河北涿州人，剧评家。曾于《新闻报》发表短篇福尔摩斯同人小说《福尔摩斯之门徒》。

许指严，名国英，字志毅，别署砚耕庐主，又号弹华阁主，江苏武进人。南社成员，曾任南洋公学教员、《小说新报》编辑，著有科幻小说《电世界》等。

严芙孙，名辉，别署黛红，浙江桐乡人。青社发起人之一，任会计干事。创办《雏报》《新思潮》《青声周刊》，著有《春痕黛影录》《残梦录》等。曾撰写大量民国通俗作家"小传"，收录于《全国小说名家专集》一书。

刘文玠，本名青，字照藜、介玉，号天台山农，浙江黄岩人，书法家、谜家，与李瑞清、曾熙并称清末民初"书坛三大家"。曾任《大世界》报总编辑。曾为陆澹安侦探"影戏小说"单行本《黑衣盗》《红手套》《金莲花》等题写书名。

朱大可，名奇，字大可，号莲垞、蒲石居士，浙江嘉兴人。善诗文，工书法。与施济群、陆澹安、严独鹤等人合办《金钢钻》报，又曾协助其舅天台山农编辑《小说新报》，为《新闻报·快活林》主要撰稿者之一。

图书在版编目（CIP）数据

100 年，接了个龙 / 华斯比编 . -- 北京：北京联合
出版公司，2025. 1. -- ISBN 978-7-5596-8060-0

Ⅰ . I246.7

中国国家版本馆 CIP 数据核字第 202493Y7B9 号

- -

100 年，接了个龙

作　　者：程小青　陆澹安　赵苕狂　徐卓呆　等
编　　者：华斯比
出 品 人：赵红仕
策划监制：王晨曦
责任编辑：夏应鹏
特约编辑：华斯比
美术编辑：陈雪莲
营销支持：沈贤亭

- -

北京联合出版公司出版
（北京市西城区德外大街 83 号楼 9 层　100088）
北京联合天畅文化传播公司发行
上海盛通时代印刷有限公司印刷　新华书店经销
字数 104 千字　787 毫米 ×1092 毫米　1/32　8.125 印张
2025 年 1 月第 1 版　2025 年 1 月第 1 次印刷
ISBN 978-7-5596-8060-0
定价 39.80 元

- -